D1600583

Withdrawn

Tiempo de albaricoques

Beate Teresa Hanika

Tiempo de albaricoques

Traducción de
Laura Manero Jiménez

SUMA
de letras

Papel certificado por el Forest Stewardship Council®

MIXTO
Papel procedente de
fuentes responsables
FSC® C117695

Título original: *Das Marillenmädchen*
Primera edición: febrero de 2018

© 2016, btb Verlag
Una división de Verlagsgruppe Random House GmbH, Múnich, Alemania
www.randomhouse.de
Este libro fue negociado a través de Ute Körner Literary Agent, S. L. U., Barcelona
www.uklitag.com
© 2018, Penguin Random House Grupo Editorial, S. A. U.
Travessera de Gràcia, 47-49. 08021 Barcelona
© 2018, Laura Manero Jiménez, por la traducción

Penguin Random House Grupo Editorial apoya la protección del *copyright*.
El *copyright* estimula la creatividad, defiende la diversidad en el ámbito de las ideas y el conocimiento,
promueve la libre expresión y favorece una cultura viva. Gracias por comprar una edición autorizada
de este libro y por respetar las leyes del *copyright* al no reproducir, escanear ni distribuir ninguna
parte de esta obra por ningún medio sin permiso. Al hacerlo está respaldando a los autores
y permitiendo que PRHGE continúe publicando libros para todos los lectores.
Diríjase a CEDRO (Centro Español de Derechos Reprográficos, http://www.cedro.org)
si necesita fotocopiar o escanear algún fragmento de esta obra.

Printed in Spain – Impreso en España

ISBN: 978-84-9129-072-8
Depósito legal: B-26359-2017

Impreso en Rodesa,
Villatuerta (Navarra)

SL90728

Penguin
Random House
Grupo Editorial

Para Christina Magdalena Hanika

Quiero contarte una historia. Ya sé que las historias han pasado de moda. Por lo menos desde el cambio de milenio no he vuelto a oír ninguna. Salvo esta. Trata del amor y de la libertad, y una buena historia no necesita más que eso.

Todo empezó cuando se marchó la rusa y llegó la otra muchacha. Las dos creían que no me daría cuenta. Creían que tenía la vista tan mal que no sería capaz de distinguir a una rusa de una alemana, que el deje de sus voces era tan parecido, duro y exigente, que a través de los tablones del suelo solo oiría sus acentos entrecortados y las tomaría por la misma persona. Creían que no me enteraría de que un día ya no vino a casa la rusa, sino la otra. Abrió la cerradura de la puerta principal y subió la escalera rechinante que llevaba al piso de arriba. Cuando me vio abajo, de pie en la puerta de mi vivienda, se limitó a dedicarme un apresurado «Buenas noches, señora Shapiro».

Sé qué aspecto ofrezco. Tengo los ojos acuosos y turbios, el cabello se me ha vuelto blanco después de todos estos años y mi cuerpo está desvencijado. Ese es mi aspecto, aunque desearía que no fuese así. Seguro que visualmente no causo la mejor impresión del mundo, pero ya hace tiempo que eso no me desconcierta. Crucé los brazos sobre mi pecho huesudo y escuché sus pasos con atención. Ella, arriba, recorrió todo el piso como si lo conociera desde siempre. Se descalzó y entró en el cuarto de baño con los pies desnudos, abrió el grifo y dejó que el agua llenara la bañera de hierro colado mientras guardaba la compra en la nevera.

La rusa no me gustaba. Era una muchacha sencilla de la región fronteriza con Mongolia, tenía un rostro casi asiático, un cuerpo cimbreante y ligero. Tan cimbreante como las cañas que se inclinan temblorosas sobre las aguas negras del lago Baikal. Tan ligero como las libélulas de alas crepitantes cuando se posan en tu mano. Era decente y callada, y no traía hombres a casa. Nunca. Quizá había regresado a su hogar después de destrozarse los pies bailando. A pesar de que era tan decente, a mí nunca me gustó.

Con la otra, me bastó apenas un vistazo para saber que arrastraba problemas igual que una gata arrastra a su camada tras de sí. Pensándolo ahora, me pregunto por qué no la puse de patitas en la calle aquella misma tarde. A fin de cuentas era mi casa. Mi hogar. Y sin embargo, ni se me pasó por la cabeza.

La muchacha dejó en la escalera un olor a resina para puntas de ballet. A eso y a una mezcla letal de ira, miedo y secretos. A palabras no pronunciadas y vivencias que querían olvidarse. Tal vez fuera eso lo que me impidió ir tras ella y pedirle explicaciones. Aunque quizá fueran también la senilidad, el aburrimiento y una pizca de cobardía lo que me frenó. Quién sabe.

Mi madre siempre me contaba que fue mi padre quien decidió mi nombre. Después de que ella les pusiera a mis dos hermanas Judith y Rahel, mi padre insistió en Elisabetta. Elisabetta. Un nombre del todo absurdo para una niña judía, pero él afirmaba ver en mis ojos que yo no quería un nombre normal, sino uno que me diferenciara de los demás. Elisabetta Shapiro. Mi nombre me hizo diferente, en eso tuvo toda la razón. Un nombre que no era ni carne ni pescado. Yo no era italiana, pero tampoco daba ninguna pista sobre el hecho de que fuese judía, o de que procedía de Viena.

Podría haberme ido mucho peor, no voy a quejarme. Además, tampoco es que ninguno de los niños de aquel entonces fuera afortunado. En 1934 no nacieron niños con fortuna, y no creo que ninguna cría de aquel año hubiera podido cambiar su destino, se llamara Elisabetta o se llamara Judith.

No sé cómo serán las cosas hoy en día. Solo sé que esa muchacha tampoco daba la impresión de ser muy afortunada. Cuando llegó ella y desapareció la rusa, el albaricoque estaba empezando a florecer. En el jardín de atrás, frente a la puerta de mi terraza, el árbol daba flores con una entrega tal como solo la naturaleza es capaz de conseguir. Florecía y al mismo tiempo hacía llover pétalos blancos con opulencia sobre la hierba hirsuta y descuidada, que tenía un tacto áspero bajo los pies. De noche no me dejaba dormir porque el olor a primavera se colaba por la ventana de mi dormitorio. Eso nos inquietaba a los espíritus y a mí. O quizá fuese la muchacha, que corría y hacía piruetas por todo el piso de arriba.

Descubrí que, igual que la rusa, era bailarina del Ballet Nacional de Viena. Que formaba parte del cuerpo del ballet y que era alemana. Más no necesitaba saber.

A la mañana siguiente, tan temprano que la niebla se arrastraba todavía por el suelo hasta en el centro de Viena, salí al jardín y me apoyé en el albaricoque. No podía dormir. No era por ella, era más bien como si las veinticuatro horas que duraba el día no quisieran soltarme.

Con los años había cogido la costumbre de ir a apoyarme en aquel tronco, a fumar y a charlar con Rahel y Judith. Rahel, la mayor y la más seria, me reprendía muchas veces por cuestiones tocantes a la casa. Decía que había dejado que se deteriorara y que madre se retorcería en su tumba si supiera cómo la tenía. Con ello se refería a que el polvo se acumulaba debajo de los muebles y a que los platos se amontonaban en la pila porque a mí no me apetecía fregarlos. A que bajo los cuadros se veían cercos claros porque nunca pintaba las paredes, y a que tenía que colocar barreños en el desván porque de vez en cuando había goteras. Aunque solo si la tormenta era muy fuerte, o cuando se derretía la nieve del invierno, claro está.

Madre no tiene tumba, contestaba yo entonces con un punto de maldad, pues sabía lo mucho que le afectaba ese detalle. Judith nos tranquilizaba, nos acariciaba la piel con la suavidad del viento y casi siempre se estaba callada. Ya de niña había sido muy poco habladora. Reservada. Mientras Rahel y yo nos peleábamos, ella se quedaba sentada en los escalones de la entrada, leyendo, o hacía rodar canicas por el caminito que iba desde la puerta del jardín hasta la casa, de aquí para allá.

—¿Qué hace esa muchacha en el piso de arriba? —me increpó Rahel.

Abrí una cajetilla nueva de Ernte 23. Solo fumaba esa marca porque sabía lo mucho que detestaba Rahel el olor.

—¿A qué te refieres? —pregunté.

—A la nueva. La muchacha alemana.

—Es rusa.

—No quieras hacerte la tonta. Vi cómo se marchaba la rusa con su maleta en plena noche. Se subió al tranvía que va a la estación y seguro que ahora mismo estará ocupando un asiento en el Transiberiano.

—Tonterías.

—De tonterías nada. No quieres abrir los ojos.

Judith hizo que las hojas del árbol susurraran algo y yo le di una calada al cigarrillo. El humo se posó acre sobre mi lengua.

—Ya nadie viaja en el Transiberiano.

—Sabes perfectamente lo que quiero decir. Madre se retorcería en su tumba. —La voz de Rahel cayó como varias bofetadas sonoras, pero a esas alturas esa frase ya solo conseguía aburrirme.

Me la había dicho demasiadas veces. La había oído demasiadas veces. Bostecé, abrí tanto la boca que mi hermana pudo ver hasta la última muela que me quedaba.

—Ya lo sé —concedí.

—No lo toleraría.

—Es rusa.

—Es alemana.

Suspiré.

—No seas boba. ¿Qué diferencia hay? Madre tampoco habría tolerado a una rusa en la casa.

Es probable que en eso llevara razón, porque Rahel cerró su boca mordaz. En realidad la apreciaba mucho. Muy en el fondo la quería como solo puede quererse a una hermana. Recliné la espalda contra el tronco del albaricoque y noté su superficie, tan resquebrajada como mi propio cuerpo.

—¿Os acordáis de cuando padre plantó el árbol? —comenté—. Lo arrancó de las tierras de un agricultor de Mödling y lo trajo hasta aquí en el trasportín de la bicicleta.

Rahel guardó silencio.

—Dijo que era buen momento para plantarlo.

Todavía recordaba sus palabras, tan bien como si acabase de pronunciarlas de pie junto a mí. Justo ahí, en ese lugar, apoyado en la pala y con tierra en la frente porque había estado cavando el agujero y luego se había pasado una mano por la cara. Las recordaba bien porque era capaz de rememorar con precisión la época que siguió. Anaranjada y jugosa. Dulce y carnosa, igual que los albaricoques cuando se recogen del árbol, todavía cálidos del verano.

—Tú aún no habías nacido cuando plantó el árbol —me corrigió Rahel.

—Pero me lo contó tantas veces que tengo la sensación de haber estado allí.

—Tonterías —repuso de mal humor.

—El agricultor de Mödling no volvió de la guerra y sus frutales quedaron abandonados. —Lancé la ceniza a la hierba reseca—. Padre ni siquiera tenía un cubo. Enganchó la maraña de raíces en la pinza del trasportín y debió de perder la mitad de la tierra por el camino.

Nadie creía que el árbol fuese a sobrevivir, casi sin tierra y con solo unas pocas raíces. Pero aquí sigue todavía hoy.

Igual que yo.

—¿Con quién habla?

No me había dado cuenta de que la muchacha se me había acercado por detrás, así que me sobresalté. Llevaba un mallot blanco (debía de ir a uno de sus ensayos) con unos vaqueros cortos encima. Bajo la tela fina se le veían las costillas y la leve curvatura del pecho.

—Con los mirlos.

—Ah.

Me llamaron la atención sus ojos. Tenía las pupilas como esos túneles de Montenegro excavados en la piedra con las manos desnudas. Oscuros como la noche y sin atisbo de final. Había que hacer un gran esfuerzo para internarse en esos túneles, se lo pensaba uno tres veces y, como mucho a medio camino, acababa lamentando hasta lo más hondo su decisión. Me tendió una mano vacía y por un instante pensé que iba a presentarse como es debido, formalmente, pero en realidad solo quería un cigarrillo. Dejé que sacara uno de la cajetilla y después le pasé también el mechero.

—Creía que hablaba con el árbol.

—Con los árboles no se puede hablar.

—Se puede hablar con todo —contestó, y clavó sus pupilas negras en las mías.

Fumamos un rato en silencio y sentí que Judith me ponía las manos en la nuca para tranquilizarme. Frente a nosotras, Mariahilfer Strasse despertaba ya. El tranvía pasó haciendo sonar su campana y frenó en la parada con un chirrido, la niebla se deshacía a nuestros pies y yo, helada de frío, me rodeé el cuerpo con mis propios brazos. Desde que era vieja, el calor me abandonaba como si en algún lugar tuviera un agujero por el que se escapaba todo el rato. No pensaba decirle nada a la alemana sobre su engaño. Solo quería mirarla bien y entender por qué estaba allí. Por qué me había encontrado precisamente en aquel momento.

Sobre la alemana puedo decir que pertenecía a dos mundos diferentes. Era una de esas criaturas capaces de transformar su forma. Conocía un lado oscuro pero también la luz, y podía deslizarse del uno a la otra sin arrastrar nada consigo. Eso es algo extraordinario. Lo normal es que se note en los ojos, pero los de ella no desvelaban ni un ápice. Esos túneles negros terminaban en el vacío. No explicaban nada. No desvelaban nada de lo que hubiera podido conmoverla alguna vez. Eso me causaba admiración y al mismo tiempo repugnancia. Aunque tal vez solo confundía su dureza exterior con algo que residía en su interior y que solo podía intuirse.

La rusa siempre había pasado sus días de la misma manera. Era como un reloj. Se levantaba tarde porque los ensayos empezaban tarde, y regresaba más tarde aún porque las representaciones terminaban tarde. Yo oía el leve golpe de la puerta cuando la encajaba con cuidado. Con cuidado para no despertarme. Una vez intenté explicarle que no era necesario.

—A esas horas no duermo.

Me miró sin entenderme.

—Nunca me acuesto temprano —añadí, lo cual pareció desconcertarla más aún—. No hace falta que intentes ser silenciosa por mí.

—No hay de qué —repuso, y fue entonces cuando comprendí que no era en modo alguno consciente de sus actos.

Que era como una marioneta, que bailaba, que estaba a la hora correcta en el lugar indicado, que dormía y comía, pero no soñaba. De repente comprendí que muchas personas eran justamente así, y reflexioné horrorizada sobre si yo misma era consciente de mis actos, sobre las numerosas horas que pasaba en el jardín y durante las que mi cabeza se vaciaba cada vez más.

La muchacha alemana era del todo diferente.

No parecía conocer horarios fijos. Sus jornadas carecían de toda regla. A veces se pasaba fuera el día entero y la mitad de la noche. Cuando regresaba, subía la escalera arrastrándose con sus últimas fuerzas hasta la pequeña vivienda del desván. Yo sospechaba que se tumbaba en el suelo nada más cruzar la puerta y que allí se hacía un ovillo, igual que un animal que ha estado cazando. Como una marta, tal vez, una comadreja o una zarigüeya.

Luego había días en los que no se oía ni un solo ruido procedente de su apartamento, aunque era evidente que estaba en casa. Sus zapatos aguardaban intactos ante la puerta de su piso. Arriba, la cortina ondeaba por fuera de la ventana, y juro que incluso podía oírla respirar. ¿Se pasaba todo el día durmiendo? ¿Recuperaba así el tiempo que, por lo demás, solo dedicaba a bailar?

Ya al segundo día se trajo consigo a casa a una horda de chicas, algo que la rusa jamás se había atrevido a hacer. A la rusa solo tenía que mirarla con ojos duros y se encogía ante mí, devorada por su propia timidez como el conejo ante la serpiente. La odiaba por ello, aunque sabía que estaba fuera de lugar odiar a alguien por ser débil.

A aquella muchacha, en cambio, mis miradas le importaban un comino. No me hizo ni caso al llegar del ensayo con las demás. Un puñado de criaturas ligeras como plumas, empapadas y casi disueltas por la llovizna. Sus voces gorjeaban en la escalera y yo, que estaba abajo, en la puerta del jardín, las seguí con la mirada; la frente fruncida, airada porque la muchacha me ningunease así. No preguntó, no saludó. Ni siquiera me dedicó un gesto con la cabeza. Nada. Y por extraño que parezca, no la odié por ello tanto como había odiado a la rusa.

La vejez no me ha pillado por sorpresa. Esperaba que se me echase encima igual que una lluvia torrencial que lo arrastra todo consigo, que ahoga y aniquila, pero el proceso ha sido tan paulatino que hasta yo misma me asombro aún al ver mi imagen en el espejo algunos días. Esa piel arrugada que hace parecer que mi cuerpo hubiera empequeñecido de forma misteriosa. Demasiada piel para tan poca carne. Sin embargo, lo que sí me ha sorprendido es mi espalda. En algún momento empezó a dolerme y decidió que no pararía nunca más. Tengo las plantas de los pies ásperas y mi vello púbico ha desaparecido. Algo que lo hace más sencillo es que nunca he sido guapa. Nunca fui hermosa como mi madre, como Rahel o Judith.

Todas ellas eran altas, con largas extremidades proporcionadas y el pelo oscuro y ondulado. Yo, por el contrario, salí a mi padre, que siempre fue más bien rechoncho. Como era calvo, no puedo decir si el cabello también lo heredé de él. Mi pelo es como el que suelen tener los ponis, ni ondulado ni liso, pero difícil de domar. En la estatura sí que me parezco a él sin lugar a dudas, y también en los ojos hundidos y las manos cuadradas. Jamás imaginé que esos detalles físicos acabarían siendo tan secundarios durante una cantidad de años tan increíble.

Por lo menos no lo imaginaba entonces, cuando veía a Rahel y a Judith extender una manta en el jardín para sentarse a leer. Aunque llevaban los vestidos cerrados hasta arriba, siempre había un pie desnudo que asomaba por ahí, rosado como una promesa bajo el dobladillo, o una muñeca delgada, o un rizo que se ensortijaba sobre una mejilla.

Desde mi habitación (la habitación que más adelante ocuparía la muchacha), yo disparaba con un tirachinas a los chicos del vecindario que pretendían disfrutar de ese espectáculo. Les apuntaba al pecho y casi siempre les daba en la frente. Reniegos, lamentaciones. Un muy merecido castigo. Mis hermanas fingían no enterarse de nada de todo aquello.

—Te lo estás inventando —me dijo Rahel hace poco—. Nunca nos sentábamos en el jardín. Durante la guerra la gente no se sienta en el jardín. Huye, lucha por sobrevivir. Caen bombas. Dime, ¿cuándo podríamos habernos sentado en el jardín?

—La una junto a la otra, igual que dos sirenas —repuse para hacerla rabiar, y sentí que Rahel sonreía—. Algunos chicos les pedían dinero a otros para dejarles mirar por el agujero de la valla.

Una alta empalizada que debía protegernos de las miradas de los vecinos y, en caso de duda, del mundo entero.

—Eso lo has soñado.

—Lo recuerdo.

Judith soltó una risita, aunque también pudo ser el susurro de una ardilla entre las ramas.

—Jamás habríamos permitido que se pusieran en la valla a pedir dinero.

—Veros valía la pena. Por mí no habría pagado nadie.

—Eras una ricura. Igual que un duende.

—Gracias.

—No hay de qué.

Años después, cuando era yo quien extendía la manta en el jardín, más adelante, cuando el árbol ya daba una pequeña sombra y Rahel y Judith ya no estaban allí, en la valla no había nadie. ¿Quién querría ver a un duende sentado bajo un albaricoque? Un duende que leía los libros de sus hermanas, que pasaba esas páginas sobre las que ellas habían posado sus dedos mientras las contemplaban unos jóvenes que luego, por la noche, no podían dormir porque soñaban con sus rodillas, con su aliento, que olía a heno de las praderas, a neguillas y a amapolas. Que no podían dormir porque no estaban seguros, nunca podían estar seguros, de si aquella fugaz mirada por encima del hombro había ido dirigida a ellos o al escarabajo que corría sobre la empalizada de madera.

Es posible que la vejez solo sorprenda a las personas hermosas, pues para ellas la diferencia es más atroz; duele como una picadura de avispa que no te esperas. Para mí, sin embargo, fue una bendición. No me importó en absoluto convertirme en un viejo duende judío. Al contrario.

Tampoco la muchacha era hermosa; no en el sentido convencional. Pero sus movimientos, esa elegancia con la que recorría el camino del jardín y arrancaba una flor al pasar para luego olerla, o daba una vuelta so-

bre sí misma cuando creía que nadie la miraba y colocaba un pie delante del otro al andar..., eso sí que era
hermoso. Y eso que en aquel momento todavía no la había visto bailar.

Empezaré la historia de Pola por un día en Múnich. Desde entonces han pasado ya unos seis o siete años, puede que incluso algo más. Hacía días que no llovía, aunque a Pola le parecían semanas. La hierba del jardín de detrás de la casa estaba agostada y pajiza. Su madre había bajado las persianas y solo abrían las ventanas al atardecer, lo cual, no obstante, tampoco conseguía refrescar el ambiente. De noche, Pola se tumbaba en su cama y aguzaba el oído mientras su hermano Adèl hablaba por teléfono desde la habitación contigua y luego, a altas horas, salía de casa. Con el coche de su madre, si esta tenía turno de noche en el hospital. Entonces ella ya no se atrevía a salir de la cama, sino que se escondía bajo la colcha hasta que los pájaros la despertaban al alba, Adèl volvía a aparcar el Rover en el garaje o su madre giraba la llave en la puerta a las cinco de la mañana.

Cuando salieron de Múnich para ir al lago, Pola presintió la tormenta desde lejos. Constató que desconfiaba de las nubes y, al pensar más detenidamente en esa frase absurda («Desconfío de las nubes»), cayó en la cuenta de que se trataba de otra cosa. Algo que no era capaz de definir. Sintió que allí a lo lejos se estaba preparando algo más que una tormenta, que ella no iba en ese coche por casualidad, ni porque su hermano hubiese querido hacerle un favor. Adèl conducía el Rover y, a su lado, Pola bajó la ventanilla. La cálida brisa veraniega le lanzó el pelo a la cara y lo convirtió en unos mechones rubios y firmes que le azotaron los ojos hasta que le dolieron y empezaron a escocerle.

Ninguno de los dos decía nada. Adèl había puesto la radio a tal volumen que de todas formas era casi imposible mantener una conversación. La carretera asfaltada se convirtió en una pista y terminó por fin en el lago, delante de unos gigantescos montículos de tierra y arena y una explanada bien apisonada donde se podía aparcar el coche y extender la manta. No fue hasta entonces cuando Pola volvió a abrir los ojos. Allí estaba el Mercedes de Götz, y había también un par de motos y una caja de cervezas. Adèl dejó avanzar el coche hasta la orilla y entonces frenó y abrió la puerta. Pola bajó, se protegió los ojos del sol y miró hacia la isla. Confirmó que también desconfiaba de la isla, del viento y del agua.

—Cada vez está más guapa, la pequeña —comentó Götz, y apretó a Pola en un abrazo—. Tienes que cuidarla bien, ¿me oyes, Adèl?

Esa clase de comentarios avergonzaban a Pola, así que dejó la cara muy quieta contra el torso de Götz e inspiró su olor, que se le metió hasta el fondo del estómago. Le recordó los días que había pasado en la casa cuadrada, donde había dormido y había vuelto a despertar una mañana tras otra. Días en los que Götz la protegió y habló con ella como si fuera su padre, su hermano y tal vez incluso Dios.

—No quiero que le pase nada a mi niña.

—Sé cuidarme yo solita. —Pola apretó la cara con todas sus fuerzas contra la camisa blanca y limpia de él. Olía a muebles viejos, a violetas y a los años que habían pasado.

Götz correspondió a su abrazo.

—Eso ya lo sé —dijo—. Lo sé.

Dejaron la ropa tirada en la arena y Adèl se zambulló en el agua verdosa, de un verde botella, que quedó revuelta por su cuerpo joven e impetuoso. Levantó en ella crestas de espuma, la hendió con los brazos estirados y buceó todo lo que pudo. Llegaba muy lejos. Tan lejos que casi daba miedo, si te quedabas mirándolo. Justo entonces apareció otro coche, más chicos del grupo de su hermano y de Götz. Todos ellos formaban una familia. La familia de Pola.

Ella se apartó de Götz y se puso a trepar por el montículo que habían levantado las excavadoras esos últimos días. El sol le ardía en la espalda y la grava resbalaba bajo sus pies descalzos. Desde lo alto podía abarcar el lago entero con la vista, el verde profundo de la orilla contraria, los prados y los abedules despeinados por el viento, el estrecho camino que habían abierto por entre las ortigas y las balsaminas y que daba toda la vuelta. La pequeña isla que solo ella podía pisar, porque era la única que conocía el lugar donde se abría un paso entre las zarzas.

¿Es posible acordarse más adelante de lo que pensaba uno cuando era pequeño? Pola se había propuesto recordar. No olvidar jamás ni un solo pensamiento, no ahuyentar ninguna imagen, sobre todo las felices, y aquella era casi una imagen feliz. Los chicos alborotando en el agua como si fueran cachorros; Götz, que saltó tras ellos con la camisa blanca y los pantalones puestos y luego volvió a emerger bramando como un oso marino; la música que seguía sonando, el martín pescador que pasó sobrevolando como una flecha la superficie del agua. Algo así no puede olvidarse. Nunca.

Pola bajó corriendo por la pendiente contraria, que era muy empinada y casi le hizo dar un traspié. Saltó al agua tirándose de cabeza. Estaba tan helada que la dejó sin respiración y le provocó una inyección de adrenalina que le recorrió todo el cuerpo. En tierra era mejor, pero el agua tampoco se le daba mal. Así son las cosas en la infancia; cuando eres más niña que muchacha estás cómoda en cualquier elemento, como una bailarina entre el aire y la tierra y el agua.

Nadó hasta la isla con el griterío de los chicos a su espalda, la voz de su hermano, que la hacía feliz, y en medio de todo ese jaleo los gritos de Götz, profundos y palpables, como si con ellos pudiera detenerla. Poco antes de llegar a la isla, antes aún de sentir la fina arena entre los dedos de los pies, se volvió y miró hacia atrás. Los chicos salían del lago empapados. Pola recorrió el último trecho buceando, pasó por debajo de los troncos de los sauces que se extendían sobre el agua poco profunda, por entre las enredaderas y las algas y los cantos de las ranas, encontró el lugar donde estaba la raíz alisada por el oleaje y subió a tierra firme.

Cuando dos chicas se encuentran suelen saber en ese mismo instante si están hechas la una para la otra. Dos chicas no necesitan cruzar ni una palabra para descubrir eso. Lo olfatean como animales salvajes, tal vez aguzan un momento los oídos y alzan la nariz contra el viento. ¿Hermana o rival? ¿Amada u odiada?

Pola se quedó allí quieta, mirándola. Al otro lado de la isla, el lado contrario a la orilla, la otra estaba de pie donde el agua le llegaba hasta las caderas. Al principio solo le vio la espalda. Una camiseta negra y mojada, de hombre, que se le pegaba a los hombros mientras el pelo le caía por la espalda en mechones oscuros y gruesos.

Pola ladeó la cabeza. El viento estival traía consigo la tormenta. Segundos. Fracciones de segundo.

Hermana. Amada.

—¿Qué haces ahí?

—A ti qué te importa...

—No sé. Solo tengo curiosidad.

—He perdido la rana a la que quería darle un beso.

—Ah.

—¿Te crees todo lo que te dicen?

—Lo intento.

—Es verdad que he perdido algo. Aquí, en el agua oscura. Justamente aquí, y no allí donde está más clara. Allí, los días buenos se ve hasta la última piedrita, si te estás muy quieta.

—Ya lo sé.

—Solo hay que intentar no remover la arena, porque entonces ya no se ve nada, claro. Pero aquí... Aquí es como...

—... como si fuera de noche.

—Más oscuro aún.

—Como boca de lobo.

—Como las fauces de un...

—... uro.

—Y más oscuro aún. Si es que eso existe.

Ambas se quedaron ensimismadas pensando en uros y en la oscuridad, en lagartos y caimanes que acechaban en el fondo de lagos y pantanos, y Pola no dejaba de mirar el agua negra. Desde la orilla, tras las zarzas de moras, apenas veía las piernas de la otra muchacha, que desaparecían en el cieno entre nenúfares, lirios y larvas de mosquito.

—¿Sabes cómo subir a la isla?

—Claro.

—Por la raíz alisada.

—Aquí también hay un camino.

—Qué va...

—Yo nunca miento.

—Aquí solo hay zarzas y espinas y bardanas que se te clavan en la piel.

—Puedo demostrártelo.

—Pues demuéstramelo.

—Pero entonces ya no podré encontrar el sitio donde he perdido lo que busco.

—¿Vas a quedarte ahí plantada para siempre?

—Hasta que me salgan membranas entre los dedos.

—Y escamas.

—Y una cola de sirena.

—Tendrías que encontrar esa cosa antes del invierno. Si no, se te congelarán las piernas hasta las caderas.

La otra chica se volvió al fin, con cuidado de no revolver el fango más aún. Tenía un rostro anguloso, con los pómulos anchos y un hueco entre los incisivos que llamaba la atención. Pola sintió que el corazón se le salía del pecho.

—Justo delante tienes un agujero en las matas. Mira al suelo.

Pola lo hizo. El agujero estaba entre ortigas y balsaminas. Si intentaba ocupar lo menos posible, justo podría pasar por él.

—Pero no vengas aquí a pisotearme toda el agua.

—Claro que no. —Se coló por el agujero y resbaló hasta el agua por el otro lado, como una serpiente—. ¿Qué es lo que has perdido?

—Una cadena. De oro. Con mi nombre grabado.

—¿Y cómo te llamas?

—Rahel.

—Vale, entonces te la encontraré.

Rahel rio. Tenía un tono quebradizo, ronco, casi como un niño al que le está cambiando la voz, y Pola no pudo evitar echarse a reír también. Empezaron a sumergirse, removieron el fango con las manos, primero tímidas, luego sin ningún reparo. Lo perdido, perdido está. Encontraron piedras negras, conchas cerradas y abiertas, ranas, anzuelos y una vieja caja de latón tan oxidada que ya no se podía ni abrir. En algún momento se arrastraron de vuelta a la isla por el túnel de castor y se tumbaron al sol para secarse, como si de repente su búsqueda ya no fuese importante, como si pudieran olvidar qué era lo que pretendían encontrar. Como si ya estuviera perdido y se lo hubiera tragado el barro.

El olor de la balsamina pendía con intensidad entre las ramas de los sauces, en la isla se oían chasquidos y susurros, y las muchachas dejaron que el aire centelleara entre ellas. Cada una puso su historia en las manos de la otra, como pequeños regalos bien envueltos.

En realidad hubo una época en la que no me sentía tan cansada como ahora. Si no lo recuerdo mal, esa época fue a finales de los años cuarenta. Aunque también pudo ser en los cincuenta, y a veces me da la sensación de que podría acotarla exactamente al año 1953, el año en que mis hermanas regresaron y yo de repente ya no me encontré tan sola. Estaba a punto de ponerme a preparar mermelada. El árbol se combaba a causa del peso de la fruta y, siempre que tenía un momento, corría al jardín y recogía los albaricoques caídos en la vieja jarra de gres de mi madre. Me encantaba sostener en las manos los frutos suaves y aterciopelados. Mirarlos, contemplar su color anaranjado tirando a rojo, el zumo que me goteaba entre los dedos cuando los abría para deshuesarlos, ese hueso perfecto que, aun así, tiraba al suelo sin la menor contemplación. Era imposible llegar a recolectarlos todos antes de que se pasaran de maduros y reventaran, atrajeran a avispas y avispones y se perdieran para siempre, pero por lo menos yo lo intentaba, hacía cuanto estaba en mi mano y a veces, si no había encontrado el tiempo antes, me quedaba hasta medianoche trabajando en los fogones. Bostezaba mientras pesaba el azúcar y exprimía el zumo de limón. Los ojos me quemaban mientras la mezcla dulce empezaba a hervir despacio y los borbotones me dejaban salpicaduras dolorosas y ardientes en los antebrazos.

Pensé en los tarros que guardaba en el sótano. En las largas estanterías que mi padre había comprado pero que nunca había llenado. Bajo el resplandor de las débiles bombillas, aquellos tarros relucían en tonos dorados, y a mí me maravillaba que no hubieran perdido su color. Después de tantos años.

La mermelada de 1949, por ejemplo. Un único tarro con un cartelito en el que, con mi caligrafía redondeada (resulta extraño, pero ahora se ha vuelto más alargada e inclinada), había anotado incluso el día: «3 de julio de 1949, domingo». Al contrario que el del año siguiente, aquel fue un verano bastante fresco y el árbol produjo muy poca fruta. La mayoría se había podrido en las ramas a causa de la lluvia, o se la habían comido los mirlos y los tordos, seguramente porque los pájaros no encontraban otra cosa. Los pocos albaricoques que habían quedado para ese único tarro los había recogido con gran trabajo de entre las margaritas que, cargadas de lluvia, se reclinaban contra el tronco. Después de cocerlos me olvidé el tarro en la despensa. Al año siguiente, cuando el árbol volvió a dar fruto, colmado porque la primavera había sido soleada y suave, y el verano, caluroso, el tarro acabó de nuevo en mis manos y lo bajé a la estantería del sótano. Y lloré, no por ese tarro ni por mi falta de memoria, sino porque el hijo de los vecinos me había roto el corazón, había vuelto a besarme y luego me había abandonado. Entonces comprobé que, si bien el dolor no desaparecía, al menos sí se atenuaba un poco mientras deshuesaba los albaricoques y luego los aplastaba con brío en la olla para convertirlos en papilla. Que las lágrimas que me caían por las mejillas ya no sabían saladas, sino dulces, y que cuanto más le daba vueltas y más temperatura cogía esa mezcla de albaricoques en la que estallaban burbujas que me salpicaban el delantal, más lejos de allí se encontraba mi corazón. Preparé veintiocho tarros de conserva y, al día siguiente, castigué al joven con mi desprecio.

Ay, cuando un duende odia...

Al regresar mis hermanas una calurosa noche de julio del año 1953, yo estaba inclinada sobre la olla para ver si se había formado ya una telilla sobre los albaricoques. Hundí la cuchara y al sacarla no pude contenerme, tuve que chuparla.

—Se te acabará enmoheciendo toda la mermelada si no te acostumbras a tener la lengua bien guardada. —Rahel—. Se enmohecerá antes de que hayas podido enroscar la tapa.

—Siempre lo hago así.

—Eso no quiere decir que esté bien. Madre le ponía una ramita de lavanda.

—Mmm...

—¿Por qué tú no lo haces?

—Todavía no está en flor.

—Una ramita. Sin flores. El aroma de la planta es exactamente el mismo, tonta. —Su voz tenía un deje obstinado, como si estuviese furiosa porque yo estaba allí sola y podía hacer y deshacer a mi antojo.

—No tienes por qué comer mermelada.

—Has permitido que la lavanda se seque. Madre siempre la podaba a principios de año y la dejaba en diez centímetros exactos. Así, después no se vence por el peso. Ahora la lavanda está toda desgreñada, igual que tu horrible melena.

No pude evitar que el corazón me diera saltos de alegría. La voz de Rahel, tan severa como la recordaba. Miré por la ventana de la cocina hacia la calle de delante. Parecía desierta, las farolas zumbaban y las efímeras volaban en círculos a su alrededor, se quemaban, caían en espiral y morían antes aun de haber tocado el suelo. Los ciclistas resbalaban sobre ellas, así que a la mañana siguiente saldría con la escoba para retirar todas las mosquitas a la cuneta. El ruido metálico de un televisor y el canto apático del petirrojo se unían en un solo hilo que se anudaba en torno a mi corazón. La vida era maravillosa.

—Además, no es *kosher*.

Kosher. Una palabra que yo nunca usaba, según la cual no vivía, que para mí no significaba nada. En absoluto. Ni pensarlo siquiera.

—Hoy es *sabbat*, y la mermelada que se prepara un *sabbat* nunca en la vida es *kosher*. —Un breve silencio en el que sus ojos se pasearon por los tarros—. Esos botes en los que antes venía paté de hígado tampoco son *kosher*.

—Como te he dicho, no tienes por qué comer mermelada —repuse sin apartar la mirada de la calle. Nadie se comía nunca la mermelada.

¿Cuánto tiempo llevaba yo allí esperando? ¿Cuánto tiempo llevaba allí de pie? Por la corriente de aire sentí que Judith se colocaba tras de mí.

—Hermanita... Hermanita... —me susurró al oído, y entonces me volví y me abracé a ellas, llorando y riendo a la vez.

La semana después de que llegara la alemana bajé al sótano y saqué un tarro de la estantería. Uno al azar. Era algo que no había hecho nunca. Siempre me había bastado con archivarlos. Escogí uno y ni siquiera miré la etiqueta. No quería estar más tiempo del necesario en aquel sótano donde siempre olía un poco a la época que siguió a la guerra. Oscura y húmeda. Me coloqué el tarro bajo el brazo, había llegado la hora de empezar con ello. Quién sabía cuánto tiempo me quedaba, ahora que estaba ella allí.

Saqué la mermelada al jardín y la dejé en el banco que hacía poco había colocado debajo del árbol. Era una concesión a mis huesos, que habían empezado a rehuir el contacto directo con la tierra. Protestaban y me dolían cada vez que hacía algo infantil, como extender una manta bajo el albaricoque. Incluso se rebelaban contra mí cuando arrancaba raíces de dalia o plantaba bulbos de tulipán. Me senté con cuidado en el banco y abrí el tarro. 1954. Inconfundible.

No tardé ni diez minutos en oír sus pasos. Apareció merodeando por la puerta de la terraza, dobló sus flexibles articulaciones y se sostuvo de puntillas sobre una sola pierna. Yo sonreí y hundí la cucharilla en el tarro. Aquel año Rahel me dijo que no soportaba que hubieran permitido a Alemania volver a participar en los mundiales de fútbol, y yo le dije que a mí me daba igual, pero era mentira. ¿Eran suficientes tan pocos años para exculpar a toda una nación de asesinos? Rahel intentaba convencerme sin parar mientras yo echaba los albaricoques a un barreño con agua, los abría y luego los dejaba caer en la olla. Quizá con demasiada energía. Con demasiada decisión. Algunos tenían agujeritos de gusanos, pero decidí hacer la vista gorda como símbolo de que también el mundo, por principio, hacía la vista gorda ante la maldad. Sentí que Judith me tiraba del delantal y que Rahel me echaba su aliento cálido en la nuca.

Aunque quizá no fuera más que la brisa veraniega que se había abierto paso ese día entre las casas de Viena.

—Están por todas partes —dijo Rahel—. Se aposentan en cualquier rincón a devorar y engordar. Les da igual lo que hicieron, dónde estuvieron, quiénes fueron. El de la oficina de correos, ese viejo con un ojo de cristal, clasificaba a los judíos en Operngasse. Ahora clasifica la correspondencia.

—Qué quieres hacerle...

—La vieja Schlegel.

—La señora Schlegel está muerta.

—Si no estuviera muerta, ahora estaría con la Cruz Roja. Lo han olvidado todo.

—Qué. Quieres. Hacerle...

—Ojo por ojo. Diente por diente.

Resignación, pensé con rabia. Todo el mundo tenía que resignarse a hacer lo que le tocaba hacer. Ni más ni menos.

Y yo, por mi parte, tenía que ocuparme de la fruta, que por la noche había soportado la lluvia y acabaría podrida y fermentada si no me daba suficiente prisa. La puerta de la terraza se abrió de golpe y la corriente de aire hizo que mis hermanas centellearan como colibríes. No me hizo falta volverme para saber quién era.

—Media parte. —Sus manos masculinas se posaron en mi talle y deslizaron falda y delantal hacia arriba—. Van dos a dos.

—Me da igual.

—No puede darte igual.

—Pues me da. Largo de aquí.

No hay nada más tonto que ese deporte y los hombres que se quedan ensimismados con él y no se dan cuenta de lo absurdo que es. Que gracias a él se olvidan de lo que fue y de lo que será. Solo porque alguien chuta una pelota y acierta. Lo banal desencadena el horror. Lo banal lo desencadena todo. Perdonarlo y olvidarlo todo. La ira que yo sentía ardía tanto como el fogón que había encendido, a máxima potencia.

—Mi mujer se ha dormido delante del televisor.

¿Por qué te casaste con una idiota? ¿Cómo pudiste romperme el corazón y regresar después? Entonces sí que me di media vuelta, solo para que él me besara.

—Quince minutos, luego sigue el partido y ella se despertará.

—Entonces será mejor que te vayas ya.

—Allí no tengo nada.

Me sonrió con tanta travesura como solo se le puede sonreír a un duende, me agarró de las caderas y me sentó en la mesa de la cocina levantándome de repente. A su espalda, la mermelada burbujeaba y se salía de la olla a borbotones. Se caramelizaba sobre la placa eléctrica. Menuda fiesta. La mitad del vecindario debió de darse cuenta, no solo ella.

—¿Por qué no se lo haces a tu mujer?

—Con ella me aburro.

—Te aburres de lo lindo.

No entendió el juego de palabras. Nunca los entendía. Yo no alcanzaba a comprender por qué amaba a un hombre tan simple. Y aun así, lo amaba.

—No huele como tú, Shapiro.

—¿Y a qué huele?

—A agua de rosas.

—¿Y yo?

—Pegajosa y dulce. —Hundió el rostro en mi pelo y me olfateó el cuello, me separó los muslos con sus piernas mientras se bajaba la cremallera de los pantalones.

—El rabí Hisda les dijo a sus hijas: Cuando vuestro marido tome vuestro pecho en una mano y *esa parte* en la otra, entregadle primero el pecho, hasta que se deshaga de pasión. Y solo entonces entregadle también *esa otra parte* —siseó Rahel con ira en mi oído.

—Cierra el pico de una maldita vez —le contesté en otro susurro, aunque comprendía bien su enfado.

Normalmente nunca utilizaba palabras tan drásticas, pero tenía que recurrir a métodos drásticos para hacerla callar. Su voz me desconcentraba, me obligaba a pensar y a no sentir.

—Es cierto. Lo único que condena la fe judaica es el hecho del adulterio —respondió sin aliento.

—Y que los amantes no estén desnudos.

Le quité a él la camisa por los hombros y su mirada se hundió en la mía. Mis uñas se clavaron en su piel. Tenía una piel maravillosa en los hombros, firme y bronceada por el sol.

—Y que el hombre sea un gentil.

—¿Cómo pude escogerla a ella en lugar de a ti?

Esa pregunta también me la había hecho yo muchas veces. Me apretó contra sí con más fuerza, pero entonces me resistí. No sabía si Rahel me había quitado las ganas o si había sido él. Mis hermanas se retiraron al jardín. Rahel, satisfecha consigo misma. Judith, solo porque le gustaba pasar las calurosas tardes de verano fuera, bajo el albaricoque, y dejarse envolver por el aroma de la fruta madura.

—Te vas a perder el partido —dije con brusquedad, y lo aparté con mis pies descalzos sin hacer caso de su mirada suplicante y dócil, que en ese instante no era fingida.

La mermelada se estaba quemando. Lo noté por el olor y corrí a apartar la olla del fuego. Él me miró mientras vertía en los tarros el líquido hirviente, que incluso siseaba. Esa maldita mermelada me estaba quemando los brazos. Un tarro cedió al calor con un crujido sordo y la masa viscosa se derramó sobre mis dedos. El fondo de la olla estaba carbonizado porque yo no había ido con cuidado. Estaba harta de ir con cuidado.

La mermelada de ese año sabía a humo, al fondo quemado de la olla y dulce a la vez, de modo que solo querías tomar una cucharada y ya tenías bastante. Bastantes recuerdos, bastante agitación en el corazón, que me palpitaba más deprisa de lo que me convenía. Lo sentí aletear con dureza contra mi pecho, como un ave enjaulada. Eso no había sido siempre así. Dejé la cuchara en el banco, a mi lado. Los tablones de madera estaban muy desvencijados y pensé que probablemente lo había colocado debajo del árbol hacía más tiempo del que creía. Levanté la vista hacia las ramas del albaricoque. Pronto dejaría de florecer, ya solo quedaban algunos pétalos solitarios que relucían entre las hojas. Aunque tal vez fuera también que mis ojos no veían bien. Los entrecerré hasta que el follaje se desdibujó formando un verde impenetrable. La muchacha alemana dio un par de giros sobre sí misma, como si el hecho de que estuviera allí, en la puerta de mi casa, no fuese nada del otro mundo. Aun así, no se acercó hasta donde yo estaba. Pude oír sus pasos suaves en la escalera y cómo luego cerraba la puerta de su piso.

El corazón de una muchacha es caprichoso, no se prenda de cualquiera. Por eso Pola tenía claro que jamás podría separarse de Rahel. Dejaron pasar la tarde, bucearon en el lago, temieron que la lluvia pudiera presentarse demasiado pronto y soplaron para ahuyentar las nubes. Exploraron la una el rostro de la otra. ¿Había algo allí? ¿Existía algo que las uniera? ¿Algo que indicara que debían estar juntas? ¿Serían sus voces? ¿El mismo gesto cuando se retiraban un mechón de pelo de la frente? El aire era cálido y húmedo, tan cálido como solo podía serlo en una tarde de pleno verano. Por todo el cañaveral se levantaba el vapor, las ranas ya solo croaban muy bajito, se habían dormido en el fango, se dejaban arrastrar a lo largo de la orilla. El castor emitía ruidos entre la maleza pero no se atrevía a salir, y las muchachas se quedaron dormidas, la una al lado de la otra, y sus dedos se entrelazaron, se anudaron posados entre ambas como si la otra fuese esa pieza que faltaba del puzle, esa que llevaban toda la vida buscando. Pola estaba feliz.

Cuando el sol desapareció tras los árboles, regresó a nado. Rodeó la isla para que no la descubrieran ni su hermano ni Götz.

—Somos un secreto —le dijo a Rahel al oído antes de marchar.

—¿Por qué?

—Algún día te lo diré.

—¿Un secreto bueno o malo?

Pola se encogió de hombros y Rahel le posó el dedo índice en el labio superior.

—Chsss... Un secreto bueno.

Su tacto le ardía todavía en la boca. Le quemaba mientras nadaba con poderosas brazadas por el agua oscura y profunda hacia el lado luminoso y somero. Mientras, las nubes regresaban al fin y quedaban colgando sobre el lago tan bajas que Pola casi podía tocarlas con la mano.

Ya de lejos vio a Götz de pie en la orilla, escrutando el agua. Se había puesto una mano haciendo pantalla sobre los ojos. Al acercarse más distinguió también a Adèl, que estaba sentado en el suelo, a su lado, mientras los demás subían ya a los vehículos y se marchaban en dirección a la ciudad. Levantaban remolinos de polvo como si fueran columnas de humo color arena.

—Por Dios, Pola —dijo Götz cuando salió del agua—, ya pensábamos que te habías ahogado.

Ella se sacudió la melena. Adèl ni siquiera levantó la mirada, siguió clavando los pies desnudos en la arena con la cabeza apoyada en las manos. Pola se dio cuenta de que estaba furioso con ella, como si pudiera intuir lo que había ocurrido. No, era más que eso. Lo sabía.

—Mi padre me contó que en el lago hay peces que tienen más de dos metros de largo. En aquel entonces, cuando me lo contó, yo tenía tu edad.

La superficie del agua se rizó en el lugar por el que Pola acababa de llegar nadando.

—No le creí, pero entonces, un día, me fui a bucear. Ahí abajo hay cañas, unas cañas muy gruesas, de un metro de diámetro.

Pola se acuclilló delante de Adèl y miró a su hermano a los ojos igual que hacía un rato había mirado a los ojos de Rahel. El chico apartó la cabeza. Dile algo, pensó Pola, pero no se le ocurrió nada que decirle. Cualquier cosa habría sido mentira y nada habría podido justificar una ausencia tan larga.

—Y ahí dentro están.

—No me lo creo.

—Que sí. Son grandes como una persona y acechan ahí dentro.

—¿Por qué iban a hacer eso?

—Porque son malvados.

—No me lo creo.

—Eso dije yo también en aquel entonces. Pero, cuando estás ahí abajo, salen. Nadan hasta colocarse a pocos centímetros de ti. Primero los vi pasar por debajo, como sombras. Es mi propia sombra, pensé al principio...

—Tal vez sí que era tu propia sombra.

—El sol estaba ya al otro lado, detrás de la ciudad, pero esa sombra pasó justo por debajo de mí. Aun así, no lo creí. Subí a la superficie otra vez y cogí mucho aire. Todo lo que pude. Mi padre está chalado, pensé mientras flotaba en el agua moviendo las piernas para no hundirme. Solo quiere darme miedo.

—¿Cuándo fue eso?

—Ya te lo he dicho, cuando todavía era pequeño. Tan pequeño como tú. Volví a sumergirme otra vez y entonces salieron de las cañas. Tienen unas fauces tan grandes como... —Götz buscó palabras, pero no se le ocurrió ninguna que fuese adecuada—. Grité, allí abajo. ¿Alguna vez has gritado debajo del agua, Pola?

Ella negó con la cabeza. Los ojos de Adèl, que normalmente eran tan claros, azul cielo, de repente parecían oscuros. Pola sintió su aliento sobre la piel.

—¿Por qué son tan grandes esos peces? —preguntó en voz baja.

—Porque nunca se han dejado atrapar. Lo que hay que hacer es matarlos mientras son pequeños; si no, ya es demasiado tarde. El problema está en que siempre queda alguno, y ese se vuelve gigantesco. Los de ahí abajo han aprendido a tener cuidado, por eso viven a tanta profundidad y no salen nunca.

—Pero no se te comieron.

—Porque me marché. Todo lo deprisa que pude. Y porque grité.

Su hermano se volvió para apartarse de ella y entonces se levantó. El viento lanzaba ya solitarias gotas de lluvia sobre el lago. Azotaba el agua y tiraba de la camisa de Götz. Adèl lanzó sus cosas al interior del coche.

—No quiero que vuelvas a ir nadando sola hasta la isla —dijo Götz.

Le puso una mano en el hombro y esperó la respuesta de Pola, pero ella no contestó. Recogió su ropa como si no hubiera oído nada.

—Nunca se sabe cuándo pueden volver a salir. Lo entiendes, ¿verdad?

Pola asintió con la cabeza y Götz le acarició la melena mojada.

—Y por eso estamos aquí nosotros. Tu hermano Adèl, tú, yo. Nos tenemos los unos a los otros y por eso todo irá bien.

Entonces sonrió, y Pola habría podido jurar que, justo detrás de él, uno de esos peces se deslizó por el agua, abrió las fauces a su espalda y volvió a desaparecer en la oscuridad.

Unos treinta años después de la guerra oí decir que los que habían vivido en la casa de enfrente habían regresado a Viena. Se habían marchado a América en febrero de 1938, a casa de unos parientes de Nueva York que incluso tenían una casa en los Hamptons. También tenían dos niñas pequeñas, gemelas, y creo recordar que nos despedimos en la calle cuando se fueron. Evidentemente mi recuerdo cuenta con muchas lagunas, pero diría que nos quedamos allí de pie sin decir nada mientras su padre, Baruch Feigenbaum, cerraba bien la casa. Giró la llave varias veces y después se aseguró de que todas las ventanas estuvieran atrancadas. Lo dejaron casi todo allí; en las manos solo llevaban las maletas. Baruch Feigenbaum había hecho llegar su dinero a América antes de que todo empezara. Mucho antes. Correr riesgos no le gustaba demasiado. Mi padre lo consideraba un cobarde; mi madre, un imbécil.

Decían que, cuando las gemelas regresaron, todo seguía tal como lo habían dejado en su día. En la fresquera encontraron incluso el cordero que su madre tenía pensado cocinar para la pascua judía, pero no se lo comieron, sino que se lo dieron al perro.

Mi madre no había podido entender que los Feigenbaum abandonaran su casa, sus pertenencias, todo, solo por culpa de un loco que, a sus ojos, tenía que caer en cualquier momento. La marcha de los Feigenbaum conllevó en nuestra casa acaloradas discusiones durante las cuales mi padre y mi madre se gritaban aunque compartieran una misma opinión. Esa era una costumbre algo extraña de mis padres que siempre me dejaba bastante inquieta, hasta que mi madre posaba un beso en mi frente y me decía que Dios les había dado a ella (que era cantante) y a mi padre (que no era cantante, cierto, pero sí médico, y también tenía que gritarle a la gente muchas veces para que recobrara la conciencia) una voz de especial potencia, y que no podían hacer nada por evitarlo, porque a lo que Dios te ha dado hay que sacarle provecho. Así que se gritaban mientras yo me agazapaba bajo la mesa de la cocina. Rahel y Judith, que eran bastante mayores y sabían mejor qué hacer, se retiraban a su cuarto para pasar el rato con entretenimientos más útiles, como estudiar la Torá o peinarse.

Mi madre gritaba que ella jamás podría abandonar la casa, jamás aquel jardín, la vista de calle abajo, el camino hasta la Casa de Conciertos, el Danubio, las tardes

templadas junto al agua, el parque de Prater con su noria girando sin parar, sus recuerdos de los días en los que
había bajado la escalera corriendo descalza para darle un
beso en la mejilla a su madre, el cementerio de Währing, donde estaba enterrada y donde, en los cálidos días
de verano, podía sentarse bajo los tilos después de haber dejado una piedra sobre su tumba. No quería abandonar los escenarios, ni su canto, que bajo la cúpula del
teatro brillaba como las estrellas en el negro firmamento.
No quería hacer ninguna maleta. No quería abandonar
la estatuilla de bronce de una mujer desnuda que tenía
en la mesilla de noche, ni al gato de manchas grises (Kezele, un nombre por el que también me llamaba a mí
cuando estaba contenta) que todas las mañanas le dejaba
un ratón en el umbral.

Mi padre le contestó a gritos que él no podía dejar
al hospital en la estacada. ¿Quién traería a los niños al
mundo? Esos niños que venían del revés y a los que solo él sabía cómo darles la vuelta sin causarles ningún
daño. Los niños con el cordón umbilical alrededor del
cuello, que no querían respirar ni gritar, que llegaban
antes de tiempo porque sus madres estaban nerviosas
o tenían que trabajar demasiado, cargaban con demasiado, o cuyos maridos no podían prescindir de ellas. ¿Qué
harían los que no querían salir, esos a los que él tenía
que sacar haciendo un tajo, y cuyas madres morían? ¿Y
los que no tenían leche? ¿Los que contraían infecciones?
¿Los que nacían con un pie tullido o una mano raquíti-

ca? ¿Los que tenían un corazón que no latía bien y se ponían azules en cuanto les quitabas el ojo de encima? Naturalmente que Baruch Feigenbaum podía marcharse sin más, vender su negocio y desaparecer. Pero él, él no podía abandonar a los pacientes a la muerte solo por un loco que de todas formas caería pronto. ¿Qué clase de pensamiento era ese?

Vociferaba tanto que Kezele, que se había hecho un ovillo ronroneante en mi regazo, se escapó por la puerta de la terraza y mi madre, desesperada, se echó a llorar a media voz. Y al final, cuando mi padre acabó de vociferar todo lo que tenía que vociferar, los dos se quedaron allí sentados sin decir nada. El repentino silencio cayó sobre mí como un manto ligerísimo y me quedé dormida debajo de la mesa.

No pude evitar recordar todo eso al ver que habían regresado las gemelas, dos mujeres adultas que se detuvieron en su jardín delantero, calladas, como si no hubiera nada especial por lo que quedarse allí. O al menos esa era la impresión que daban. Los transeúntes que pasaban de largo y subían al tranvía con sus niños en brazos, con perros atados de la correa y bolsas en la mano, debían de pensar que era de lo más normal que dos mujeres de mediana edad se detuvieran en un jardín delantero sin decir nada. O no pensaban nada de nada porque ni siquiera se fijaban en ellas, o se fijaban pero no entendían el significado de la escena. Habían sobrevivido y habían regresado para ver una vez más esa casa de la que ya no se acordaban. Para subir una vez más sus escalones y luego venderla. Las gemelas ya solo hablaban inglés y, cuando quise hacerme entender (me habría gustado decirles que yo era la niña pequeña que las había visto marchar, la que se había quedado mirándose las puntas de los botines mientras se mordía el labio inferior), cuando quise decirles todo eso, ellas solo me sonrieron con amabilidad y dieron media vuelta para irse. Tal vez fuera solo porque mi inglés era muy malo. El perro dejó tirados los restos del cordero en el camino de entrada a la casa; más tarde, un par de gatos se pelearon por ellos y arrastraron los diferentes trozos de un lado a otro de Mariahilfer Strasse.

Rahel comentó que nunca había podido soportar a esas dos. Me dijo que no le diera ninguna importancia, que a fin de cuentas nosotras nos teníamos unas a otras y no necesitábamos a nadie más, y menos aún a alguien que nos había dejado tiradas.

Aun así, me entristecí. Sentí una tristeza que se aferraba a la pierna igual que un niño muy cargante.

La misma tristeza que veía en los ojos de la muchacha. Los días siguientes nos encontramos tres veces en el pasillo de casa. Ella casi se apretaba contra la pared para no chocar conmigo. Yo también me arrimaba a la pared, y así nos esquivábamos ambas de una forma ridícula, sin tocarnos ni mirarnos, calculo que dejando unos ciento cincuenta centímetros de espacio entre nuestros cuerpos. Coincidimos también en el lavadero. Rahel siempre me advertía que mi forma de ocuparme de la casa era ridículamente anticuada, pero yo no pensaba hacer nada por remediarlo. La lavadora estaba allí desde 1964 y allí era donde seguiría estando. En ese momento saqué del tambor varias braguitas diminutas de la muchacha y, con gran sorpresa, las fui colgando de una en una en la cuerda para la ropa que cruzaba todo el cuarto. Algunas eran tan pequeñas que al principio creí que mi lavadora había roto un calzón normal en diez trocitos y empecé a buscar palabras con las que explicarle el percance. Judith acarició con un suspiro la tela sedosa y mojada. Yo sabía que lamentaba no haber poseído nunca nada tan estiloso. Rahel, ofendida, se sentó en la silla plegable del rincón donde yo solía dejar el cesto de la colada. En determinado momento sentí la mirada de la alemana ardiéndome en la nuca; había bajado la escalera tan en silencio que incluso mis hermanas se sobresaltaron, como sorprendidas in fraganti.

No dijo nada. A mí se me resbaló de los dedos una camiseta interior de seda clara que quedó tirada en el suelo, entre nosotras, como un guante arrojado para pedir un duelo. La muchacha arrugó la frente. Como nubes que se acumulan en el cielo vespertino.

Un par de veces la vi sentada debajo del albaricoque con las piernas cruzadas, en el suelo. A mi banco no le hacía ningún caso. O quizá lo respetaba por ser el lugar que me correspondía a mí. Nos rondábamos igual que dos gatas que por casualidad habían escogido la misma casa como domicilio y, al encontrarnos, yo, siendo la mayor, intentaba conservar la dignidad mientras ella se cruzaba una y otra vez en mi camino con sus maneras extrañamente gráciles y desmañadas a la vez.

Mi padre no solo trajo a casa el albaricoque. Siempre estaba encontrando cosas que metía en los bolsillos de su bata blanca. Objetos pequeños, una piedra con una forma curiosa, el cascarón roto de un huevo de carriza, un calcetín que parecía una serpiente venenosa. También se trajo a casa a Hitler. Lo encontró una noche del verano de 1938 en la escalera del hospital, cuando (igual que todos nosotros) ya tenía que llevar la estrella de judío y el miedo engalanaba toda la ciudad como un espumillón brillante y reluciente.

Se coló en mi habitación y esperó a que me despertara. Quizá asomaba ya el sol, quizá había tenido que pasarse horas y horas sentado en el borde de mi cama, respirando sin hacer ruido, porque no quería regresar a la cama de mi madre. Aunque también puede que se quedara medio dormido, con un sueño intranquilo y plagado de inquietud.

—Mira lo que he encontrado —me dijo cuando me incorporé, todavía adormilada—. Estaba paseando de un lado a otro delante del hospital y ha venido a buscarme.

Sonreí cuando me puso al pequeño animal en las manos.

—¿Por qué ha ido a buscarte?

—A lo mejor también te buscaba a ti. —Así contestaba muchas veces. Era como si, sin dar una respuesta, abriera siempre nuevas puertas, hasta que te encontrabas en mitad de un laberinto.

—¿Y por qué me buscaba a mí? —susurré.

—Tal vez sienta que le hace falta un hogar.

—¿Porque está enfermo?

Mi padre negó con la cabeza.

—No, no está enfermo. —Su voz sonó entonces adormecida.

La tortuga estiró su cuello correoso y puso una pata delante de la otra a cámara lenta. No era muy grande, tenía un caparazón verde claro y salpicado de tonos arenosos.

—Seguirá aquí cuando todo haya terminado —susurró mi padre—, y todavía será joven. Su vida acaba de empezar.

Me hice a un lado y él se quitó los zapatos y se estiró junto a mí con un suspiro. Olía a desinfectante y a piel cálida. A sudor seco y a noches en vela. Se quedó dormido antes aun de que la cabeza le tocara la almohada. Yo acaricié el caparazón imbricado y la cabeza de la tortuga con la punta de los dedos y me imaginé que se llevaba todo lo que nos afligía cargándolo sobre sus espaldas. Sus espaldas fuertes e inquebrantables.

Después de aquello del lago, Pola se encerró en su habitación. Únicamente salía para ir a ensayar, y aun eso seguía haciéndolo solo porque era lo único que le interesaba a su madre. La escuela de ballet estaba a la vuelta de la esquina. El sol caía con fuerza mientras ella se arrastraba las dos calles que tenía de camino. No era capaz de mirar a su hermano a los ojos. No quería ir a casa de Götz. La única idea que daba vueltas en su cabeza era la de ver a Rahel. Intentó ahuyentarla, pero no lo consiguió. Se había afianzado en ella con la fuerza de un tornillo de banco. En las clases estaba menos concentrada aún que de costumbre. Ekaterina Marinova, la profesora, se enfadaba al verlo, pero no decía nada. La Pola que conocía era una muchacha tranquila que iba a clase porque así lo quería su madre. No se saltaba ningún ensayo, pero bailaba sin pasión. Tenía un talento moderado y una voluntad débil. Todavía seguía en tercer curso, a pesar de que habría podido estar mucho más avanzada, y la Marinova simplemente había decidido dejarla tranquila siempre y cuando no molestara. O, mejor dicho, siempre que Pola no se molestara por tener que bailar con chicas más jóvenes, que, no obstante, a menudo eran mejores que ella. En alguna ocasión le había comentado a su madre que tal vez hubiera otras cosas que la entusiasmasen más, pero la mujer no quería ni oír hablar de eso. La Marinova detestaba a esas madres que abusaban del ballet para convertir a sus hijas en algo que ellas mismas no habían podido ser. En el fondo, sin embargo, odiaba a todas las madres. Incluso a las de las niñas con talento, y a las que solo las llevaban allí para tener una hora en la que sentarse a solas en el coche mirando al vacío o poder quedar con sus amantes.

Ese día se extrañó al ver que Pola se quedaba más rato que las demás y se aferraba a la barra como si fuera lo único que le quedaba en el mundo para sostenerse en pie. Había posado la pierna derecha sobre la barra y se estiraba como haciendo un *spagat.* La Marinova cerró la tapa del piano dando un golpe, pero Pola no reaccionó. Había bajado la mirada y solo por el estremecimiento de sus hombros se notaba que sentía dolor.

—Tengo que cerrar la escuela.

La chica seguía sin inmutarse.

—Ya basta por hoy.

La Marinova se colocó entonces justo detrás de ella. Podía oír su respiración y, cuando sus miradas se encontraron en el espejo, en los ojos de la muchacha vio una expresión que había olvidado hacía mucho. La echó de allí y cerró la escuela.

Pola se presentó más que puntual a la siguiente clase, lo cual la Marinova recibió con cierto pesar. Fue la primera en colocarse en la barra y, cuando ensayaron en el centro, también se puso delante del espejo en primera fila. Llevaba el pelo recogido en una coleta tirante y corta. A la Marinova le habría gustado enviarla a casa y, si decidió no hacerlo, fue solo porque no tenía ninguna excusa con que justificarlo.

Cuando llegaron a los saltos, durante los que Pola solía retirarse a un rincón hasta que acababan, saltó como si le fuera la vida en ello. No es que lo hiciera especialmente bien; no volaba, no estiraba las piernas, ofrecía un aspecto torpe y bastante vulgar. Eso consideraba al menos la Marinova, que suspiró y se preguntó qué más perpetraría aquella muchacha para conseguir que le dolieran los ojos. Cuando estaba a punto de saltar otra vez, la Marinova les hizo una señal a las chicas y les indicó que fueran a por sus zapatillas de punta. Pola se había olvidado las suyas y se pasó el resto de la hora sentada junto a la pared, mordiéndose las uñas.

Después se entretuvo en la sala más de lo necesario, y la Marinova acabó suponiendo que la causa no era tanto el ballet como el hecho de que la muchacha estaba pasando por una especie de crisis personal.

Al final de la semana, cuando la siguiente tormenta lanzó la lluvia contra las ventanas de la escuela de ballet, intentó por primera vez hacer el *spagat*. El resultado fue espantoso, no logró estirar las piernas del todo y, desesperada, tuvo que apoyarse con las manos. Estallaron relámpagos... y fuera la esperaba Rahel.

—Te he estado buscando —dijo, y se arrimó a la pared.

Pola la había reconocido enseguida, pues hasta entonces nunca la había esperado nadie a la salida. Las demás se las quedaron mirando al pasar corriendo a su lado para ir con sus madres, que aguardaban en los coches con el motor encendido.

—¿Por qué no has vuelto a ir? Al lago. Como habíamos quedado. Te he estado esperando. Junto al agujero del castor. En el banco de arena.

—No he podido.

—Yo tampoco podía.

Se sonrieron como solo lo hacen las muchachas. El viento azotaba la calle con las gotas de lluvia.

—En casa hay problemas —dijo Rahel, y por un momento dio la sensación de que quería estrechar la mano de Pola, pero no lo hizo, sino que cruzó los brazos por detrás de la espalda.

—¿Porque no encontraste la cadena?

—No.

Bajaron la escalera como si no lloviera, como si no hubiera tormenta, y tomaron el camino en dirección al lago.

—Es otra cosa. Para nosotros no es bueno tener problemas.

—Para nadie lo es.

—Anoche alguien nos rompió los cristales del Schalom. En mi casa creen que eso pasa cuando no nos relacionamos solo entre nosotros.

Rahel hizo una pausa y Pola pensó que nada de todo aquello tenía que ver con ellas dos.

—¿Qué quieres decir?

—Que es mejor que los judíos vayan solo con judíos. Eso creen.

—¿Y tú, qué crees?

—No lo sé. Además, da igual. Nos han roto muchas veces los cristales del restaurante. —Se encogió de hombros.

Un par de calles más allá cogió a Pola de la mano. La lluvia pegó las palmas de ambas, y a Pola el corazón le latió con tal fuerza que temió que pudiera estallarle en cualquier momento.

Rahel sacó una cajetilla de cigarrillos y le ofreció uno, pero ella lo rechazó. Pararon un coche que las llevó un buen trecho en dirección al lago. El conductor les dio conversación y quiso ponerle la mano en la rodilla a Pola. Ella le contestó con descaro mientras el limpiaparabrisas recorría todo el cristal. No tenía miedo porque en el retrovisor veía la cara de Rahel. Veía sus ojos oscuros y furiosos, pero a la vez divertidos también, y se esforzó por contestar con más insolencia aún porque se daba cuenta de que Rahel no podía contener la risa. Fingió estar acostumbrada a que los hombres se dirigieran a ella así, aunque no era verdad. Nunca había parado un coche, nunca había hablado así con nadie, y se preguntó si Rahel lo habría hecho alguna otra vez.

El hombre les comentó algo de una casa junto al lago, en la otra orilla, y Pola vio que Rahel ponía los ojos en blanco. También vio que al hombre le sudaba el cuello y que el sudor se le metía por dentro de la camisa. Cuando las dejó bajar en el camino de grava que llevaba hasta el lago, llamó a Pola y le gritó que era muy guapa, y ella se metió un dedo en la boca como si fuera a vomitar. Entonces las dos echaron a correr hasta el agua, cogidas de la mano, y Pola pensó en los peces y en Götz. La lluvia agitaba el lago, golpeaba la superficie, y el suelo emanaba vapor. Se quitó la ropa, corrió a meterse en el agua y fue como si con cada paso estuviera internándose en las fauces abiertas de un pez. Rahel la contemplaba desde la orilla y, cuando el agua le llegó a Pola hasta las caderas, se volvió y se echó a llorar.

—Te he visto bailar.

   —No vayas a verme nunca más.

   —¿Por qué no?

   —Porque soy muy mala.

   —Es verdad.

   —Gracias.

—No hay de qué.

Las piedras que lanzaban al agua se mezclaban con las gotas de lluvia. Del suelo seguía saliendo vapor.

—A mí me encantaría saber bailar.

—¿Y por qué no lo haces?

—¿Alguna vez has visto bailar a una judía?

—Pues no sé.

—¿Lo ves...? ¿Por qué no te esfuerzas más?

—No me apetece.

—Porque es lo que quiere tu madre, ¿verdad? —Rahel se lanzó de cabeza al agua y buceó todo lo lejos que pudo—. No tienes por qué contestar nada. Yo lo sé —dijo cuando volvió a la superficie.

Pola nadó despacio hasta alcanzarla. Habían dejado la ropa en la orilla y, cuando Pola se volvió, los dos montoncitos le parecieron la piel de dos serpientes que acababan de hacer la muda.

—¿Te esforzarías más si voy a verte?

—Déjalo.

—Dime, va.

—No.

—Seguro que sí.

Pola se sumergió un poco, solo para sacar a los peces de la oscuridad. O ahora o nunca.

—Que sí. Te daría vergüenza hacerlo mal delante de mí.

—No es verdad.

Ya le daba vergüenza.

—Ensayarías como una loca y acabarías siendo mejor que todas las de tu clase.

La lluvia remitió y ellas nadaron hasta la isla. El agua estaba más caliente que el aire de la superficie. Pola sintió un hormigueo en la nuca. Estuvo a punto de explicarle lo de los peces a Rahel, pero tuvo miedo de que se riera de ella.

—¿Por qué iba a tener vergüenza delante de ti?

—¿Te hago el favor o no?

Llegaron al lugar donde Rahel había perdido su nombre, y allí volvió a registrar el fondo con los pies. Estaban una frente a la otra en el agua poco profunda, y Pola no pudo evitar mirar el cuerpo desnudo de Rahel, el nacimiento de sus pechos, muy separados, como si tuvieran la esperanza de que el tiempo acabaría por rellenar ese espacio. Palparon el fango con los dedos de los pies buscando la cadena, y Pola pensó que Rahel ya se habría olvidado de lo que acababan de hablar.

No fue hasta hace unos años cuando quitaron la empalizada del fondo de mi jardín. Observé con melancolía cómo el joven arrancaba con sus manos desnudas la madera, que parecía estar tan carcomida y blanda como un queso suizo. Había comprado la casa de al lado y tenía la firme intención de cambiar todo lo que pudiera cambiarse. Su también joven esposa lo miraba desde el jardín con un niño en la cadera mientras él se deshacía de la valla y la convertía en astillas. Me sentí como si alguien me arrancara la ropa del cuerpo. Habría podido matar a ese hombre. Y cuando llegó al punto donde se abría un agujero en un nudo de la madera, solté un grito furioso y le quité el tablón de las manos. Nos miramos a los ojos sin decir nada mientras yo me llevaba la tabla debajo del brazo. Sí, los ancianos son raros, imprevisibles y muy suyos. Tal vez sea por las experiencias que han vivido, y por sus recuerdos. En mi pecho, mis recuerdos bullían con forma de agujero en la madera. Aquel era un agujero muy reñido y a través del cual se podía ver clara y nítidamente el pasado. Yo, al menos, veía a Samuel Lewinski y a Franz Schlegel peleándose con saña detrás de la empalizada. Me veía a mí misma, arriba, sobre el tejado del garaje, con las piernas morenas colgando y mi pelo de duende alborotado. Veía a mis hermanas sentadas al otro lado, bebiendo limonada, no como si tal cosa, sino como si fuera champán, un cosquilleo dulce que se derramaba por sus delgadas muñecas.

—¡Es mi jardín! —profirió Franz Schlegel mientras Samuel Lewinski lo hundía con ambas manos en el barro y lo obligaba a escupir hierba y piedras.

—Pero yo soy más fuerte. —La respuesta llegó con total tranquilidad.

—Yo soy mayor. —Franz tenía restregones de barro por toda la boca y le sangraba el labio.

Mis hermanas fingían no estarse enterando de nada. Charlaban sobre peinados, sobre el último compromiso laboral de mi madre y el fin de semana siguiente, que querían pasar en Bad Vöslau, en casa de una tía lejana. Resultaba improbable que no se hubieran dado cuenta de la riña, pero era indigno de ellas dedicarle aunque solo fuera una mirada por encima del hombro.

—¡Largo de mi jardín! —logró articular Franz.

Ladeé la cabeza. La señora Schlegel estaba limpiando el polvo en el piso de arriba de su casa. Mi madre decía que en eso se podía reconocer la personalidad de alguien. En su disposición a limpiar el polvo. Mi madre no tenía la menor disposición. Prefería recorrer ociosa la casa y acariciar a Kezele, o a mí, si Kezele había salido a rondar por los tejados. O sentarse ante el gran espejo y prepararse para la función. La señora Schlegel, sin embargo, era una persona muy hacendosa y con los pies en el suelo. Tenía cinco hijos; Franz era el mayor. Nunca cantaba, pero en cambio sí preparaba asado de cerdo y crepes dulces, y a veces me guardaba un poco a mí, seguramente porque creía que incluso los duendes tenían que comer algo decente. Mi madre se habría quedado muerta en el sitio si se hubiera enterado de que yo tocaba siquiera la comida no *kosher* de la señora Schlegel. Una vez Rahel me dio un bofetón porque me pilló con una salchicha de cerdo detrás del garaje, pero no le fue a mi madre con el cuento.

—Tonto, que nos vamos a perder lo mejor si no te controlas. —Samuel Lewinski había hincado su pesada rodilla en la espalda de Franz.

Yo había oído decir que desde hacía poco se ejercitaba en el cuadrilátero. Se notaba en su técnica de lucha.

—¡Largo de mi jardín, cabrón!

Y siguieron peleándose con tantas ganas y tanto ímpetu que me decidí a intervenir.

—¿Queréis que os ayude? —exclamé con amabilidad desde el tejado.

Los dos chicos se detuvieron un momento. Franz volvió a escupir barro y Samuel se sentó entonces a horcajadas sobre su pecho. No puedo negar que disfruté de ese momento. Normalmente Franz sentía por mí el mismo interés que por una moscarda o un escarabajo de la patata. Los demás hermanos Schlegel no se portaban mejor. Todos eran toscos e insolentes. Todos rubios, y todos me odiaban por mi pelo negro y mi gran nariz. Me lanzaban ciruelas o me disparaban piedritas con sus tirachinas. Pero con ninguno de ellos me dolía tanto como con Franz.

Disfruté de ese momento de silencio y sorpresa, luego me dejé resbalar desde el tejado hasta que mis pies encontraron un punto de apoyo en la valla. Todavía recuerdo que llevaba puesto un vestido de mi madre, un traje de noche de color blanco cisne que ella había desechado y que desde entonces yo solo me quitaba cuando me había caído en el barro con él y no tenía más remedio que lavarlo. Lo había acortado sus buenos cincuenta centímetros y me lo ceñía a la cintura con un estrecho cinturón de cuero. Llevaba también un sombrero de mi padre, por el sol, se entiende, y los guantes color crema de Judith, que a veces mi hermana me dejaba y que me llegaban hasta más arriba de los codos. Me sentía deslumbrante.

Avancé sobre la valla igual que una funambulista. No tuve que mirarme los pies ni alargar las manos hacia los lados. Jamás en la vida volvería a conseguir una actuación como aquella. Desaparecí en nuestro lado con un salto elegante pero también atrevido, no sin saber los efectos que tendría mi mutis. El vestido vaporoso se abombó alrededor de mis piernas, una breve sonrisa sobre los hombros, y... ¡alehop!

Enseguida me coloqué de espaldas tapando el agujero. En el lado contrario reinaba de pronto el silencio, y hasta mis hermanas interrumpieron un momento su charla para mirar hacia mí con aprobación. Sentí en la espalda un dedo que se clavaba justo entre mis omóplatos.

—¿Qué pretendes, Shapiro?

En lugar de responder, apreté más la espalda contra el dedo con gran placer. Me quedé toda la tarde allí de pie, escuchando cómo los dos chicos debatían la situación al otro lado de la valla y por fin se unían en mi contra. Mis hermanas dormían en la hierba. Hitler paseaba de un lado a otro del jardín y acabó descansando a mis pies, entre la hierba alta. Aunque su rostro no dejaba traslucir nada, tenía la sensación de que le gustaba. Su mirada siempre era algo melancólica y pensativa, pero a menudo, cuando lo sostenía en la mano, entrecerraba sus ojos dorados como si quisiera decirme algo. El qué, nunca logré adivinarlo, pero parecía seguirme trotando a su ritmo sosegado y muchas veces se dormía junto a mí cuando me tumbaba boca arriba en el jardín y me quedaba mirando el cielo sobre Viena, tan alto y azul. No me aparté de allí hasta que mis hermanas recogieron sus cosas, porque empezaba a refrescar, y volvieron a entrar en casa. Franz me dedicó los últimos insultos antes de desaparecer junto a Samuel en su recién forjada concordia.

Yo amaba a Franz, y Franz amaba a mi hermana Rahel. Así eran las cosas.

Dejé el tablón con el agujero sobre mi mesilla de noche. Me daba rabia que la empalizada no hubiera estado dentro de mi propiedad y que el vecino fuese a levantar una valla de gaviones allí donde antes se había erigido ese monumento a la poesía, la juventud y el primer amor. Pero hay muchas cosas ante las que uno está impotente.

Le había dejado un tarro de mermelada a la muchacha delante de la puerta de su piso. Por la mañana, mientras dormía aún. No sabría decir qué me impulsó a hacerlo. Tal vez fuera maldad, quizá aburrimiento, puede que la esperanza de vislumbrar algo en los túneles oscuros de sus pupilas.

Había bajado al sótano y me había quedado un buen rato delante de la estantería. No era capaz de decidirme entre un tarro de 1963 y otro de 1950. Sentí que empezaba a dolerme la cabeza, un dolor pequeño y pernicioso a la altura de las cejas. Tal vez fuera también por culpa del armario de los medicamentos de mi padre, que seguía estando allí abajo. Él siempre dejaba la llave colgada de un gancho que había sobre la puerta del sótano, quizá pensando que sus hijas nunca llegaríamos a ser lo bastante altas para alcanzarla. Si soy sincera, lo cierto es que lo he abierto bien pocas veces. Y de la última hace ya muchos, muchos años.

El frío de las paredes se me metió en los huesos y no pude evitar recordar los primeros días que pasé allí abajo después del 24 de febrero de 1945 y cómo al final incluso Kezele decidió abandonarme. Desapareció en el manicomio que era Viena en aquella época y ya no volvió nunca más. Tal vez muriera. Quizá buscara un hogar mejor y más cálido. Yo habría preferido su muerte a la traición que suponía dejarme allí tirada, abandonada en ese sótano de una casa tan vacía.

Al final escogí el tarro del año 1950 y lo subí escaleras arriba. Desenrosqué la tapa y metí una cuchara con delicadeza. ¿Qué hace una muchacha que no se acuerda de su cumpleaños? ¿Qué hace una muchacha que se considera a sí misma un duende, que es judía y ha sobrevivido? ¿Qué hace una Elisabetta Shapiro en una ciudad que la odia y a la que ella odia también porque se ha tragado todo lo que amaba? Incluso a un gatito pequeño y gris. Qué hace una muchacha a la que solo le ha quedado Hitler, en todos los sentidos imaginables.

Encontré trabajo en la fábrica de medias de Kunert. Hacía recados y limpiaba los lavabos. Ellos fueron los únicos dispuestos a aceptar a un duende judío. Aun así, tenía que esconderme la melena bajo la cofia. Aceptar el pelo de duende habría sido pedir demasiado incluso para la tolerancia de la fábrica de medias de Kunert. Les oculté mi verdadera edad, ya que en 1945 no tenía más que once años, aunque también habría podido tener ya los veintiuno. Es extraño lo difícil que resulta calcular la edad de los duendes. Son pequeños y flacos pero fuertes, y sus ojos podrían ser ojos de recién nacido, pero al mismo tiempo parecen ancestrales y sabios. Yo, sabia, nunca lo fui.

Me di unos toques con el colorete de Rahel en los pómulos y me puse uno de los vestidos de Judith. En realidad solo me acerqué allí porque la señora Schlegel me envió. Estaba harta de tener que pasarme comida y me dio a entender muy a las claras que debía aprender a valerme por mí misma. Solo fui a la fábrica después de que ella me cerrara la puerta en las narices. El hombre que me contrató apenas me dirigió una mirada. Me preguntó por mi fecha de nacimiento y yo me inventé una. No me preguntó por mis orígenes, como si le resultara embarazoso. Unos años después, cuando ya era mayor y de verdad tenía los dieciséis o diecisiete, es probable que le hubiese levantado la voz.

¡Soy judía, sí señor!, le habría gritado. No te me quedes mirando así, soy una de los que sobrevivieron, una de esos a los que hace apenas unas semanas habríais reunido a empujones en la plaza, una de esos soy, así que no me mires con tanta compasión.

Sin embargo, aquel día no fui capaz de gritar nada. No dejaba de retorcerme las manos y mirar el cuadrado claro de la pared que quedaba por encima de su cabeza, el lugar en el que durante años había colgado un cuadro que de pronto ya no estaba. Y él no dejaba de mirar la estrella judía de mi chaqueta, que yo no me había quitado porque me daba igual que la gente se volviera hacia otro lado con vergüenza y desazón.

—¿Habías trabajado antes en alguna fábrica?

—No.

—¿Y por qué crees que voy a contratarte precisamente a ti?

Silencio. El hombre miró fuera, más allá del patio pavimentado y vacío sobre el que los gorriones daban saltitos mientras buscaban migas de pan, y por lo visto se respondió la pregunta él mismo.

—Porque no hay nadie más —dije yo, aun así, al cabo de un rato.

El hombre suspiró.

En 1950 ya hacía cuatro años que trabajaba en la fábrica. Acababa de cumplir los dieciséis y vivía sola en una casa gigantesca de la que hasta los gatos extraviados se mantenían a distancia. Me entretenía con una tortuga a la que llamaba Hitler y, cuando tenía tiempo, clavaba listones en la valla para no tener que ver el jardín de los vecinos, donde los domingos la señora Schlegel les servía asado de cerdo con albóndigas de sémola a sus hijos sobre la hierba. Por las noches me tumbaba en las camas de mis hermanas y apretaba la cabeza contra sus almohadas, pero en ellas ya no quedaba nada. No olían a las noches que habían pasado allí, jóvenes y con la cabeza llena de nuevas y prometedoras impresiones. Ya solo olían a tela y al polvo que se acumulaba sobre los tablones del suelo.

La mermelada con la etiqueta de junio de 1950 era oscura y amarronada. Metí la cuchara dentro y la olí; tenía un deje a caramelo y al mismo tiempo era amarga. Le planté a la alemana el tarro delante de la puerta y luego bajé la escalera a zancadas. En mitad de la noche me despertó un ruido de añicos, como si se hubiera reventado el cristal de una ventana. Y a la mañana siguiente, cuando miré fuera, vi una gigantesca mancha de color albaricoque en la pared de la casa de enfrente, la casa de los Schlegel, al otro lado del muro de gaviones. La mancha había quedado esparcida por toda la fachada. Jamás se me habría ocurrido que en un solo tarro pudiera caber tal cantidad de mermelada. Salí corriendo al jardín en camisón. Me temblaban las piernas, lo cual no era nada nuevo. A menudo me parecía que en cualquier momento cederían bajo el peso de mi cuerpo sin más ni más, como dos ramas viejas y secas. Aunque hasta la fecha nunca me había ocurrido. En la pared había una etiqueta pegada.

Soledad, amargura, vacío, parecía decir.

Qué puedo contar sobre Pola? ¿Y sobre Rahel? Rahel, hija de una cocinera judía. Rahel, cuyo pelo se podía recoger en dos trenzas gruesas que le caían hasta la cintura. Rahel, que con su voz áspera le cantaba canciones de cuna judías a Pola, a quien le encantaban las nanas porque le parecían la llave para entrar en otro mundo. Rahel, cuyo aliento olía a miel. Rahel, que desde el día de la lluvia y las fauces de pez siempre esperaba a Pola en la ventana de la escuela de ballet. Jamás hubo un alma más fiel. Jamás una muchacha más fiel.

Pola podía intuir su sombra, y esa sombra le hacía cosquillas en la nuca y conseguía que prestara atención a la voz de la Marinova. Por primera vez entendió lo que su profesora decía. Por primera vez le llegó lo que su profesora quería enseñarle. Bailar significaba flotar por encima del suelo. Que un cuerpo podía ser tan ligero como un puñado de plumón, flexible como una vara de mimbre y rápido como el vuelo del halcón.

Bajo la mirada de Rahel, en la barra se estiraba mucho más que todas las demás, y la Marinova se asombraba.

Tal vez esta chica sí tenga talento después de todo, pensaba. Quizá tras esa frente arqueada se esconda algo más de lo que parece a primera vista.

Al final de la semana habló con la madre de Pola. La muchacha se había marchado ya, como si nada de aquello fuera con ella. Había salido paseando, sin molestarse en cambiarse de ropa siquiera y con las zapatillas de ballet en la mano cual presa que acabara de cobrar.

La madre de Pola estaba agotada, llegó directa desde el hospital, donde se había pasado toda la noche y la mitad del día trabajando, y dijo que le parecía bien que Pola dejara la danza.

La Marinova le contestó que no se trataba de eso, que solo se preguntaba qué le estaba sucediendo a su hija que pudiera haber obrado esa transformación.

La madre de Pola se encogió de hombros. Ella, claro, no había notado transformación alguna. La Marinova empujaba un par de viejas zapatillas de punta gastadas de un lado a otro de la mesa. Le encantaba sentir el tacto de la tela suave bajo sus dedos. Se preguntaba qué le ocurría a Pola, pero sobre todo se preguntaba también qué ocurría con las madres. Sabían tan poco sobre sus hijas que hasta una vieja profesora de ballet se daba cuenta de cosas que ellas no veían.

—Está bien. Probablemente deberíamos alegrarnos —dijo al cabo.

Ella, sin embargo, no se alegraba, pues sentía agitarse en su interior una sensación extraña. Extraña e incesante.

Pola corrió calle abajo y el viento le secó el sudor que tenía entre los omóplatos, en la nuca, en el pelo. Sabía que Rahel la estaba esperando por allí, en alguna parte. Esta vez se había sentado en lo alto del muro del cementerio, detrás de la vieja iglesia.

—Hoy las piruetas *en dedans* te han salido bastante bien —comentó, y se dejó resbalar hacia el otro lado.

Pola se apresuró a ir tras ella. Lanzó las zapatillas por encima del muro, se aupó con las manos y buscó un punto de apoyo en las piedras ásperas con los pies descalzos. Al otro lado, Rahel se había tumbado de espaldas sobre un pequeño césped en el que crecían amapolas. El rumor del tráfico de Leopoldstrasse se oía a lo lejos. Se había quitado la camiseta, hizo una bola con ella y se la lanzó a Pola al pecho.

—Aunque tu *spagat* sigue siendo..., no sé. Peor que malo.

—No hay forma de conseguirlo.

—Claro que sí. Tienes que practicar más.

—Practica tú.

—¿Estás enfadada conmigo?

Pola no podía enfadarse con Rahel. Era del todo imposible. Impensable. Absurdo. Negó con la cabeza y, al hacerlo, empezó a balancearse en lo alto del muro del cementerio. Rahel la miraba. El tráfico era como un susurro lejano y apagado; los grillos, en cambio, cantaban con tanta fuerza como en el Sur. En algún rincón de Nápoles o Palermo. Pola dio un pequeño salto sobre el muro, amortiguó la caída con las rodillas y Rahel rio. Otro salto, y otro más, *changement des pieds,* oyó decir a la voz de la Marinova, y colocó los pies tan bien como pudo. Sus pantorrillas cogían mucha velocidad en el aire, Pola se maravilló de la fuerza que había desarrollado en las piernas.

Si me caigo, estoy muerta, pensó. Lo cual era una tontería, claro está. Aunque a saber...

—¿Por qué insistes tanto con lo de la danza? —quiso saber Pola.

Rahel extendió los brazos.

—Porque es precioso.

—¿Precioso?

—Increíblemente precioso. Poesía pura.

Esas palabras sonaron extrañas saliendo de la boca de Rahel, y esta vez fue Pola quien tuvo que reír. Mientras tanto, se puso a dar más piruetas, deprisa, hasta que la iglesia desapareció, y también las tumbas y todo lo demás. Las amapolas ya no eran más que manchas rojas y aterciopeladas. Dio un salto y aterrizó junto a Rahel, que se encogió para protegerse. Nunca se había sentido tan ligera.

—Conque precioso, ¿eh?

—Sí, precioso. ¿Y sabes qué es lo más precioso de todo?

—No.

—Venga ya. ¿Lo más preciosisisísimo de todo?

A Pola le encantaba cuando Rahel jugaba con las palabras, con esa voz ronca y quebradiza, la forma que tenía de arrugar la frente al hacerlo, como si hubiera de sopesar cada vocablo, y sopesarlo a conciencia, no solo un poco. Pronunciarlo y observarlo desde todos los lados para cerciorarse de que era la palabra más adecuada a su propósito. A veces podía tardar minutos en hacerlo. Un tiempo durante el que Pola esperaba con paciencia y, mientras tanto, estudiaba el rostro de Rahel. En busca de su futuro, de su pasado, de sus ideas, sus deseos y esperanzas.

Se tumbó junto a ella entre las amapolas y se apoyó sobre un brazo. Rahel se volvió hacia su amiga.

—Eso sí que es importante —dijo.

Los ojos oscuros con motas doradas, la trenza que le caía alrededor del cuello, el corazón palpitante de Pola y los grillos, tan insistentes. Tan intransigentes.

—Se te tiene que quedar grabado. No solo aquí. —Puso el dedo índice en la frente de Pola—. Sino también aquí. —El dedo de Rahel le resbaló por la nariz, por los labios, hasta el pecho.

Pola no sabía cómo podía grabarse nadie nada allí, pero asintió, y Rahel apartó la mano.

—Los más preciosisisísimo de todo es cuando bailas tú.

Pasaron el resto de la tarde entre las amapolas. Unieron sus cabezas y se dedicaron a escuchar el canto de los grillos. Rahel creía que contaban historias sobre las polvorientas llanuras de Constantinopla. Pola opinaba que hablaban de Sicilia, de la hierba seca que crece tras los peñascos, junto al mar, tan leñosa que solo las cabras esqueléticas pueden mordisquearla mientras recorren los campos con cencerros de bronce atados a sus cuellos nervudos.

Rahel le preguntó si alguna vez había estado en Sicilia, y Pola contestó que no. Nunca.

Me sorprendió un poco que el vecino que se había instalado en la casa de los Schlegel viniera a llamar a mi puerta. Pude verlo a través del cristal esmerilado de la entrada, alto y delgado como un demonio. Por un instante pensé que era mejor no abrir, pero tuve la sensación de que podía verme tan bien como yo a él. Así que abrí la puerta, un resquicio, y él enseguida colocó un pie en el umbral, como si no solo tuviera derecho a destrozar la casa de los Schlegel, sino también la mía. Llevaba consigo un cubito lleno de añicos entre los que todavía se reconocía perfectamente la etiqueta con el año 1950. En su día renuncié a añadir «Albaricoque», porque esa era la única mermelada que preparaba.

—¿Qué significa esto? —El hombre me puso una cara muy severa.

Yo nunca he podido soportar a los hombres de cara severa. Suelen creen conveniente quedarse mirando así a las mujeres, pero no lo es. Es del todo superfluo. Innecesario y ridículo.

—¿Qué es esto? —insistió al ver que no respondía, pues todavía estaba reflexionando sobre su cara.

—Un tarro de mermelada de albaricoque de mil novecientos cincuenta.

—¿Y qué hacía en mi pared?

Me encogí de hombros.

—Señora Shapiro, estoy seguro de que ha sido usted.

—Eso es una calumnia.

—No lo es. Desde que empezamos con las reformas ha hecho usted alarde de su hostilidad sin ningún disimulo.

Era una conversación desagradable. Y el hombre tenía razón. Si la alemana no hubiera lanzado el tarro, probablemente lo habría hecho yo misma.

—Tendrá que correr con los gastos. La casa estaba recién pintada.

Miré por encima de su hombro. La muchacha estaba llegando y daba la sensación de estar relajada; nunca la había visto tan relajada. En la mano izquierda llevaba una bolsa de deporte y con la derecha iba acariciando el lilo, al que acababan de salirle las primeras flores.

—¿Hay algún problema? —Se detuvo entre nosotros dos y clavó sus pupilas negras en el rostro del hombre.

—Ya lo creo. Esta noche su abuela ha lanzado un tarro de mermelada contra la pared de mi casa.

—¿Puede demostrarlo?

El hombre levantó el cubo sin decir palabra, y juraría que vi una sonrisa cruzar el rostro de la muchacha.

—Olvídelo —dijo—. Eso no es prueba de nada.

Durante unos momentos se quedaron mirándose en silencio.

—¿Algo más?

Incluso yo cogí aire cuando le cerró la puerta en las narices con vehemencia. A mí no se dignó a mirarme siquiera y subió corriendo la escalera bañada por el sol hacia el piso de arriba. Su media melena rubia brillaba, toda ella parecía flotar entre las motas de polvo relucientes que se arremolinaban allí.

—No soy su abuela —le dije a la puerta cerrada.

Oí que el hombre volcaba los añicos con rabia en mi felpudo y contestaba algo que no llegué a entender.

Nuestra vida dio el primer giro decisivo cuando Hugo Botstiber se marchó de la Casa de Conciertos de Viena. No resultó ninguna sorpresa y, aun así, para mi madre fue un golpe tan duro que le hizo perder pie. Volvió a ver a Hugo Botstiber una última vez en el Café Central, bajo sus altas bóvedas góticas, donde él le sugirió que dejara Viena lo antes posible. Se sentaron en un rincón apartado. El terciopelo rojo tenía un tacto suave bajo las manos de mi madre. Estaba helada, pues era enero, un día de enero frío y gris que empujaba a los transeúntes

a entrar en cualquier establecimiento, y a quienes carecían de dinero, tiempo o tenían otras obligaciones y se
veían forzados a estar fuerza, se les colaba un frío implacable por la nuca. Enero de 1938. Pidieron café con
leche, y Botstiber parecía poseer la misma entereza que
siempre que hablaba con mi madre. Actuaba como si
hubiese sido decisión suya dimitir, aunque eso no se correspondía con la verdad.

—Ya estoy viejo —dijo.

—No es cierto. ¿Qué va a hacer la Casa de Conciertos sin usted?

—Hace veinticinco años que soy secretario general
de la Casa de Conciertos de Viena, he visto épocas buenas y épocas malas. No se vendrá abajo, se convertirá en
otra cosa. Quizá en algo mejor. Quizá peor. —Su tono
de voz no dejaba lugar a dudas sobre a qué opción le daba más crédito.

La camarera, una joven que siempre había gustado
de charlar un poco con mi madre, dejó los cafés con leche
y desapareció enseguida con prisa. Mi madre se inclinó
sobre la mesa hasta que apenas unos centímetros la sepa-
raron de Botstiber.

—¿Es verdad que...?

—Sí, es verdad. Me han «desarizado». —Sonrió.
Pronunció la palabra como si la recogiese de entre un
montón de porquería con las puntas de los dedos. Por
un momento mi madre creyó haber oído «desraiza-
do»—. Si me permite un consejo: no espere mucho. Vie-

na está dando un vuelco. Por todas partes hay gente en las calles. Si todavía pudiera despedirla, lo haría hoy mismo.

—Pero si siempre me ha protegido...

—La amo. Precisamente por eso la enviaría lejos de aquí.

Mi madre le dio vueltas al líquido caliente y guardó silencio.

—Hace años que deberíamos haberle hecho caso a Joseph Roth.

—No se haga ilusiones. El infierno tiene el poder.

—Es probable.

Botstiber dio unos sorbos de su taza y luego la sostuvo entre las manos como si quisiera calentarse con ella.

A mi madre le habría gustado apoyar la frente en la superficie oscura de la mesa. Tenía sueño, estaba cansada, expectante, le habría gustado seguir respirando ese aire preñado de humo en el que pendía un deje del agua para después del afeitado de Botstiber; le habría gustado escuchar adormilada el murmullo de voces, el repiqueteo de tazas y el siseo del café al salir de la cafetera, pero sabiendo que todo aquello no era más que una pesadilla momentánea. Sin embargo, la mirada de Hugo Botstiber sostuvo la suya con firmeza.

—¿Se acuerda de la primera vez que nos vimos? —preguntó, y mi madre asintió con la cabeza—. Había ido usted a una audición de la Casa de Conciertos. En 1929, el mes de mayo.

—Usted me oyó cantar y entró. Un joven me acompañaba al piano de cola. No hacía más que equivocarse y se disculpaba todo el rato. —No pudo evitar reír al recordarlo—. Entonces usted se acercó a nosotros y consiguió que el joven perdiera completamente el hilo, yo me quedé en blanco con el texto de la canción y tuve que parar.

—¿Sabe por qué abrí la puerta de esa sala?

—¿Se equivocó de puerta?

Hugo Botstiber negó con la cabeza.

—Esa mujer canta como un ángel, me dije. No, su canto no es de este mundo, no es de esta época, de este lugar. Esa muchacha judía canta como si acabara de bajar de las estrellas.

—Gracias.

—Es la verdad.

—¿Qué voy a hacer? —susurró mi madre.

—No le permitirán seguir cantando. Se han propuesto destruir todo lo que es bello, bueno y auténtico.

—Lo sé.

La puerta de la cafetería se abrió con impulso y una ráfaga de viento frío hizo que mi madre se estremeciera como si el gris de ese día de enero quisiera prenderla.

—Me marcho a Estados Unidos —dijo Botstiber en voz baja.

Mi madre levantó la vista de su taza como si no pudiera creerlo, aunque era más que lógico. Todo el que podía marcharse se iba. Todo el mundo.

—Venga conmigo.

Durante un buen rato estuvieron sentados uno frente al otro sin decirse nada. Mi madre tragaba saliva intentando deshacer el nudo que tenía en la garganta y que no le dejaba ni hablar, ni cantar, ni llorar. A su alrededor, el mundo seguía girando. Se servían cafés, los periódicos susurraban cuando los hojeaban, los hombres besaban a sus mujeres en la frente, las mujeres cuchicheaban tapándose la boca con una mano enguantada y Hitler marchaba sobre Austria. Las cálidas lámparas de luz amarillenta titilaban entre los arcos que había bajo el alto techo.

Hugo Botstiber se levantó. Al pasar, puso un momento la mano en el hombro de mi madre y ella inclinó la cabeza hasta rozarla con la mejilla. Entonces él tomó su abrigo y se marchó.

¿Que cómo sé todo eso? No lo sé. El caso es que mi madre dejó la Casa de Conciertos. Por las noches lloraba mientras nosotras dormíamos y, a veces, cuando yo me colaba en su cama a primera hora de la mañana, justo cuando el cielo se volvía poco a poco gris, sentía cómo se secaban sus lágrimas bajo mis pequeñas manitas. Ya no cantaba nunca y, si lo hacía, lo cual sucedía rara vez, entonaba canciones salvajes y furiosas que sonaban como gritos a nuestros oídos. Ya no cantaba como si hubiera bajado de las estrellas; cantaba como si con ello quisiera obligar al mundo a detenerse de una vez por todas.

Soñé que mi madre regresaba. Fue un sueño terrible, anhelante. Se había quedado en los huesos, estaba pálida, tenía la piel desgarrada en las muñecas y sangraba, en sus ojos se veía un ardor febril. La clase de desesperación que hace que uno sobreviva a grandes sufrimientos y esfuerzos. Me desperté con un grito y me encontré de nuevo entre la noche y el alba. La muchacha alemana estaba sentada en mi cama, me asía del brazo, pero en ese momento retiró la mano deprisa.

—¿Por qué grita? —preguntó. Sus ojos contenían la misma expresión que los de mi madre, consumida e incesante. Su pecho flaco se movía demasiado deprisa bajo su camiseta al inspirar y espirar—. No puedo dormir —susurró—. Ahí arriba está muy oscuro.

Me senté en la cama y le aparte el pelo de la frente.

—Chsss... —hice.

—¿Por qué ha gritado? —volvió a preguntarme, pero no quiso oír ninguna respuesta—. Hay algo que escarba y araña en los tablones del suelo y no me deja dormir.

Bueno, podrían ser muchas cosas, pensé. Rahel, que de pura rabia enreda por toda la habitación, o Judith. A menudo se quedaba allí dormida, delante de la cama, con Kezele en el hueco de las rodillas. Desde luego que también podía ser el propio Kezele, esa bestezuela desleal, o tu conciencia, que llama dando golpes a tu cabeza. El viento, que sacude las ramas del albaricoque, o tú misma, sonámbula, bailando inquieta como un fuego fatuo.

—Es Hitler.

La muchacha enarcó las cejas.

—¿De verdad?

—Sí. No debes tener miedo.

—Vaya.

Soltó un suspiro largo y profundo, y los músculos que unían sus hombros se relajaron. El alba se posó perezosa entre ambas. Despacio, fue haciendo que de la oscuridad apareciera allí una silla, allá un armario, el cuadro de las rosas sobre mi cama, el rostro pensativo de la muchacha. Se mordía el labio inferior.

—¿Sabe bailar? —me preguntó con una voz muy seria.

—No.

—Todo el mundo debería saber bailar.

—Lo sé.

—Yo puedo enseñarle.

Bostezamos las dos a la vez y juntas escuchamos al mirlo que fuera elevaba su canto. Debía de estar posado en algún lugar del caballete del tejado.

—Es como hacer magia. En la danza puedes desvanecerte. —Hizo un movimiento con la mano, como si quisiera hacerse desaparecer a sí misma dentro de un sombrero—. Y entonces ya no estás ahí, solo está tu envoltorio. ¿Me comprende?

—No es mala idea. —Me imaginé cómo sería, qué se sentiría—. De vez en cuando.

—Sí. De vez en cuando resulta útil.

Vi que a la muchacha se le cerraban los ojos, que el agotamiento hacía mella en ella. Me aparté un poco y dejé que apoyara la cabeza en el borde de mi cama. Estuve largo rato mirando su pelo, su cuello delgado, las manos sobre las que descansaba su rostro. Pensé en lo que somos al principio, en lo que la vida hace con nosotros y en qué parte de todo ello tenemos en nuestras manos.

Rahel no quería que Pola conociera a sus padres, y Pola no quería que Rahel conociera a su hermano. No hablaban de ello, no imaginaban que la otra compartía ese mismo pensamiento hasta el final; pensamientos gemelos, oscuros, furtivos, vertiginosos. Siempre hablaban de cosas que ocurrían en lugares remotos, pero con ello se referían a su hogar, su familia, su propio mundo.

Rahel dijo que en algún lugar había una guerra y que allí los hombres asesinaban a mujeres y a niños. Y que lo hacían en el nombre de Dios.

Pola dijo que en algún lugar, en un sitio que no merecía la pena mencionar, había jóvenes que tramaban una guerra contra otros jóvenes porque los unos tenían miedo de los otros. Y viceversa.

Guardaron silencio, sentadas una frente a otra. A Pola le dolían los dedos de los pies de tanto bailar. Toqueteó sus patatas fritas y, al levantar la vista, se encontró a Rahel sonriéndole. Entrelazaron los dedos de sus manos con firmeza y Pola sintió las yemas de su amiga en el dorso de la mano. Cómo le habría gustado decirle que también ella tenía miedo. Que su hermano podía verlas juntas, aquí o allá, en cualquier momento. Cómo le habría gustado decirle que se sentía como si tuviera que ponerse en pie y echar a correr lejos de allí, lejos, a cualquier sitio donde nadie las conociera. Pero no lo dijo.

—Si no sabemos qué hacer, siempre podemos abrir un puesto de comida callejera —propuso Rahel—. Igual que este, solo que en un tráiler viejo. Y el tráiler lo engancharemos al Mercedes de mi tío Samuel, que ya está demasiado mayor para conducir y de todas formas siempre tiene el Mercedes metido en el garaje. —Con la otra mano le robó una patata a Pola y se la metió en la boca—. Es verde oscuro, un poco feo, pero a lo mejor podríamos pintarlo de otro color. Creo que incluso tiene enganche para remolque. Y entonces seremos chicas de la carretera. Venderemos patatas fritas, yo cantaré canciones tristes y tú bailarás.

—Tal vez podría hacer también de funambulista.

—Y podríamos comprarnos un monito.

—Y un perro pequeño que camine sobre las patas traseras y dé volteretas.

—Y un poni. Un poni de circo.

—Una cebra.

—Dos boas *constrictor*.

—Tú podrías leer la mano.

—Desde luego. Déjame ver. —Rahel le dio la vuelta a la mano de Pola y recorrió las líneas con sus dedos.

Pero Pola sacudió la cabeza.

—No me digas nada. No quiero saberlo.

—De todas formas no te habría dicho la verdad.

A esa misma hora, la Marinova estaba preparando la puesta en escena de *Romeo y Julieta*. A pesar de su perfeccionismo, se había resignado al polvo de la escuela de baile, a la música enlatada de los altavoces y a la incompetencia de sus alumnas. Puso de Mercucio a una muchacha poco llamativa y con tan poca seguridad que en las clases siempre se negaba a ser la primera en la barra. Benvolio se lo adjudicó a una gordita de dieciséis años a quien se le saltaron las lágrimas sin remedio cuando se enteró de que no podría interpretar a Julieta, y Tebaldo a una joven italiana que era nueva y había llegado al grupo hacía tan solo unas semanas. La Marinova se felicitó por esa elección, ya que al menos la italiana tenía una chispa de talento. Sopesó la idea de eliminar el papel de Rosalina, pero luego se decidió a conservarlo, aunque a regañadientes. ¿Una Rosalina depresiva? ¿Por qué no? Escogió a una chica flacucha de catorce años que ponía todo su empeño en las clases. Para obtener una mejor visión de conjunto, había hecho bailar a todas las chicas ante ella. También a Pola. Una parte de la Marinova se resistía con obstinación a asignarle la Julieta, aunque desde hacía un tiempo Pola se presentaba a las clases por lo menos tres veces a la semana. Bailaba las secuencias habituales con facilidad, en ocasiones sin necesidad de concentrarse y casi con desidia. La Marinova sospechaba que estaba exigiendo demasiado poco de ella. Cuando le llegó el turno de bailar ante su profesora, no obstante, parecía nerviosa, tropezó en un salto y al final acabó torciéndose un tobillo. La Marinova la envió a sentarse en un taburete para que descansara. De vez en cuando observaba a su alumna, que se mordía las uñas hasta la base allí sentada y torcía los pies de tal forma que tenían que dolerle, pero su rostro no mostraba ninguna emoción.

Cuando toda la clase se puso a ensayar la «Danza de la mañana», Pola ocupó un lugar en la fila del fondo y bailó como si no practicara ballet, sino un deporte de combate. La Marinova se propuso llamarla luego aparte, y así lo hizo.

—Bailarás el papel de Romeo —le anunció, escueta.

Pola asintió con la cabeza y se echó la bolsa de deporte al hombro.

—Bailaré el papel de Romeo. —Buscó en el rostro de Rahel, que seguía aferrándole la mano.

En él encontró un rayo de luz. Rahel se puso de pie enseguida para abrazarla por encima de la mesa.

—¿Estás decepcionada?

—No. —Pola hundió la cara en el pelo de Rahel.

Tras ellas, la mujer del puesto de comida toqueteaba los diales de su radio, que emitía sonidos roncos y entrecortados. Vertió aceite en la freidora y recolocó las botellas de kétchup al curry.

—¿Querías hacer de Julieta?

Esa pregunta hizo que Pola sintiera una extraña alegría. Veía la calle de más allá a través de la espesa melena de Rahel. El calor hacía centellear el asfalto y provocaba curiosos espejismos, como si fuera de mercurio líquido. Se acordó de una vez, hacía años, que se le rompió un termómetro y el mercurio cayó rodando en pequeñas bolitas por la mesa de la cocina. Ella lo recogió, lo tiró a la basura y sacó la bolsa hasta la puerta con mala conciencia porque lo había hecho a escondidas. Pero no sucedió nada. Nadie murió. Nadie se puso enfermo. El alivio que sintió por ello le duró semanas.

El aire reluciente se reflejaba en los coches que pasaban por la calle y en las hojas de los olmos, y posaba perlas de sudor en las sienes de Pola.

—No, no soy una Julieta.

—Lo sé.

—No sé quién soy. Creo que lo he olvidado.

—¿Dónde lo olvidaste?

—En el lago. Cuando te vi allí.

Rahel rio en voz baja.

—Se me cayó en el lago, junto a lo que tú perdiste. ¿Eres capaz de imaginar lo que es vivir de repente con completos desconocidos? ¿Y ser una completa desconocida para mí misma? ¿Una desconocida en salas desconocidas? ¿En una ciudad desconocida?

—A todo el mundo le sucede. Solo que no lo entienden. Nadie entiende algo así. Eso los mataría.

—A mí casi me mata —susurró Pola.

Vio un Rover aparcado al otro lado de la calle. Tenía las ventanillas bajadas y el conductor dejaba colgar el brazo por fuera.

—En nuestro puesto de comida callejera no te sentirías una desconocida. Juntas no somos desconocidas. Yo sé quién eres tú, y tú sabes quién soy yo. Con eso nos basta. Siempre podré explicártelo, cada vez que se te olvide.

—¿Y qué me dirás entonces? —quiso saber Pola.

—Que eres la mejor bailarina del universo.

—¿Y ya está?

—¿Qué más quieres?

Pola reconoció el Rover y reconoció la muñeca del conductor. Su cráneo rapado al cero. Había estado junto a él mientras se lo rapaba. El pelo había caído a sus pies y dentro del lavamanos, le había hecho cosquillas al rozarle la nariz. Él le había preguntado qué tal le quedaba y ella había respondido que bien, y lo había dicho en serio. Recordó entonces la tarde anterior, juntos en el sofá, el brazo de Adèl en los hombros de ella, la bolsa de patatas en sus rodillas. Estuvieron viendo vídeos y Adèl le habló de Götz. Al final del verano se irían con él a una casa de vacaciones del mar Báltico, cuando todo aquello de los cerdos judíos hubiera acabado al fin. A lo que añadió que ya iba siendo hora, y Pola no supo muy bien si con ello se refería a que ya era hora de que aquello acabara o de que se fueran todos juntos al mar Báltico.

Se quedaron mirando el televisor, donde unos hombres con el cráneo rapado bailaban al son de una música a todo volumen, aunque quizá no eran más que gritos.

—¿Y tú en qué andas? —le preguntó Adèl—. Hace tiempo que no vienes con nosotros.

—Ensayo.

—¿Y cuando no?

—Nada. —Las patatas sabían amargas en la boca de Pola, que no dejaba de masticarlas y masticarlas.

—Podrías volver a venirte alguna vez. ¿Qué me dices?

—Hmmm...

—¿Cómo que hmmm? ¿Es que ya no te gusta salir con nosotros?

Pola esperó sin contestar hasta que creyó que Adèl habría olvidado la pregunta.

Más adelante, arropada por el abrazo de Rahel en el puesto de comida callejera, comprendió que Adèl jamás olvidaría su pregunta. Se miraron a los ojos de un lado a otro de la calle, larga y pensativamente, y al final Pola dijo que tenían que marcharse ya. Después de volverse sintió la mirada de Adèl en la espalda mientras Rahel, que no sospechaba nada, seguía aferrando su mano y le hablaba de un día, un día cercano, en el que Pola bailaría el Romeo y ella iría a verla y le lanzaría flores al escenario. Amapolas, por supuesto. Y no dejaría de aplaudir hasta que todas las luces se hubieran apagado, extinguido, fundido, y todos se hubieran ido y solo quedaran ellas dos. Rahel y Pola, las dos solas en el gran escenario a oscuras.

Pasó mucho tiempo sin que cayeran bombas en Viena. Tanto que ya nadie podía imaginarlo. Tanto que parecía por completo imposible que la guerra pudiera llegar algún día a la ciudad. Por eso el 13 de agosto de 1943, un día caluroso y resplandeciente, cuando bombardearon la fábrica aeronáutica de Neustädter Flugzeugwerk, muchos borraron de su mente el suceso, como si nunca hubiese ocurrido. Pasarían todavía tres trimestres más antes de que los ataques aéreos cayeran también sobre Viena, nueve meses en los que no le dediqué ni un pensamiento a la guerra, sino solo a Franz Schlegel. El maravilloso y rubio Franz Schlegel, con sus piernas arqueadas, bronceadas y dignas de veneración, con ese vello casi blanco que le crecía pegado a los gemelos, las espinillas y los antebrazos. Yo dejaba que su nombre se me deshiciera en la lengua, lo pronunciaba despacio, absorta, cuando estaba ya en la cama, y lo gritaba en voz alta sobre los campos segados, en el bosque de abetos negros y por encima del Danubio. Le hablaba de Franz a Hitler, pues también a él lo quería con locura y era el único que tenía la paciencia de escucharme, me miraba con sus ojos dorados e inescrutables y me hacía un guiño mientras mordía una hoja de frambueso de mi mano.

Mi padre le había grabado una estrella judía en el caparazón para que quedara claro que nos pertenecía a nosotros, a la familia Shapiro, extrañamente tolerada y ninguneada en una Viena en la que el aire ya empezaba a escasear para los judíos.

Nuestro padre nos había inculcado que no llamásemos la atención y nos quedásemos dentro de casa, lo cual a mí me resultaba tan difícil que nunca le hacía caso y me escapaba a escondidas o me marchaba con la bicicleta después de meter en el cesto a Hitler, mi pequeño talismán ario. También nos pedía que cerrásemos las puertas con llave hasta que él regresara, pero lo cierto es que nadie lo hacía, pues tanto mi madre como también mis hermanas salían a dar una vuelta por el jardín o a recorrer Viena, paseaban junto al Danubio como si con ello quisieran desafiar al destino. Ese destino que había obligado a mi padre a quedarse en el hospital, que lo había hecho insustituible y nos había colocado a nosotras bajo una campana de cristal. Un cristal muy quebradizo.

Las primeras bombas cayeron en marzo de 1944, un día después de mi décimo cumpleaños. Es extraño de lo que se acuerda uno, pues yo no tengo presentes el horror, el aullido de las sirenas, los impactos de las bombas que sacudían la ciudad con un temblor, una vibración y un bufido, como si la propia Viena gimiera a causa de tanta violencia. Lo que recuerdo es el ruido de los aviones, y que me quedé mucho rato fuera, mirándolos boquiabierta en un campo empapado de primavera, con las botas embarradas y Hitler (que había despertado hacía poco de su hibernación) bajo el brazo. Observé los aviones, ese frente amplio que se cernía por encima de Viena. Los contemplé sin miedo y sin que el corazón me latiera deprisa, solo con el olor a tierra mojada y revuelta en la nariz. Más tarde recibí una sonora bofetada de Rahel por no haber estado en casa. Tampoco es que todos hubieran estado allí, pero mi ausencia les había inquietado, así que tenía que prometerles que en cuanto oyera la alarma antiaérea regresaría enseguida. No sé si era solo cosa mía o si esa despreocupación es común en todos los niños, pero para mí era completamente impensable que pudiera ocurrirme algo malo, algo que hiciera tambalear mi mundo infantil.

Nos acostumbramos a bajar corriendo al sótano en cuanto sonaba la alarma. De noche, medio dormidos y sumidos en una oscuridad total porque no se permitía encender ninguna luz. Tropezábamos unos con otros, con nuestros propios pies y con las cosas que había por en medio. Nos empujábamos en el pasillo y en la escalera. Nos lamentábamos de la hora tan intempestiva, como si no fueran las bombas lo que nos había despertado, sino la necesidad de ir al baño. Así conseguíamos que la tragedia mantuviera unas dimensiones pequeñas, como un ratoncillo recién descubierto detrás del armario de la cocina, aunque la tragedia había alcanzado ya las proporciones de un tigre adulto. Nosotros no éramos los únicos que nos refugiábamos en nuestro sótano. También acudían vecinos de las casas colindantes que no tenían refugios adecuados, entre ellos la familia Schlegel. Mi madre los acogía, aunque después comentaba que de pronto a esos nuestro sótano les parecía estupendo a pesar de ser judío, que de repente esas ratas cobardes llamaban a nuestra puerta para apiñarse en nuestro sucio sótano judío. No sé cuándo empezó a odiarlos a todos: a nuestros vecinos, a los alemanes, a los rusos, a todos.

Así que yo me sentaba entre Judith y Franz Schlegel con Hitler en el regazo, y el corazón se me salía del pecho. No nos susurrábamos nada, ni yo con mis hermanas ni Franz conmigo, pero su rodilla desnuda contra mi rodilla desnuda casi conseguía volverme loca. Tenía más que claro que él lo habría dado todo por sentarse junto a Rahel, pero mi madre insistía en mantener ese estricto orden de colocación. Vigilaba con mirada severa a sus hijas y a los hermanos Schlegel. A veces Franz me empujaba o me clavaba un codo en el costado. Nuestras riñas habían ido incrementándose mes a mes, y una día nos peleamos con tantas ganas en un campo en barbecho de las afueras de Viena que acabé con medio diente de menos. Nada me hacía más feliz, nada me proporcionaba más euforia que un día de verano con Franz. Él jamás se rebajaba a hablar conmigo; a fin de cuentas era demasiado pequeña, demasiado duende y demasiado poco guapa. Pero Franz me perseguía, y yo lo perseguía a él. Un día, en el lodazal, le tiré barro y luego crucé el agua verde botella de la charca hasta el otro lado para colgarme boca abajo de un roble de tres troncos. Él me acorraló en la antigua estación de Mödling y me encerró en la sala de mandos, se quedó al otro lado de la puerta hasta que se hizo de noche y solo entonces volvió a girar la llave para dejarme salir. Yo le pinché las ruedas de la bici, él desatornilló las ruedas de la mía y volvió a montarlas en su bicicleta, por lo que le juré venganza eterna. Él me inmovilizó con una llave de lucha hasta que casi consiguió que me desmayara, yo le pegué patadas en la espinilla hasta que me soltó entre alaridos. Qué maravilloso podía ser un verano...

Con las bombas cayendo sobre Viena de noche igual que las mariposas nocturnas que de vez en cuando se colaban por equivocación en mi pequeño dormitorio, con la bombilla desnuda balanceándose sobre nuestras cabezas y crepitando antes de apagarse tras un breve parpadeo, justo entonces, Franz Schlegel apretó sus labios contra los míos. Fue un gesto mudo y extrañamente cariñoso que quedó engullido por la oscuridad. La negrura de nuestro sótano lo extinguió, como si nunca se hubiese producido. Y sin embargo, los labios de Franz habían sido de verdad, cálidos y jóvenes. Buscaron a tientas mi boca, la comisura de mis labios, mi barbilla..., hasta que correspondí su beso como solo puede hacerse cuando eres niña y luego ya nunca más. Sin cálculo y sin intención, solo por el beso mismo. Nos besamos un buen rato, explorando. Su boca sabía a sueño y a la tierra que yo le había hecho tragar esa tarde. Sin respirar apenas, sentí su mano en la mejilla, en el cuello y en mi pelo de duende, y me pregunté si de verdad ese beso era para mí. Si quería besarme a mí.

Cuando regresó la luz, casi a la vez que se oyó el silbido prolongado del cese de la alarma y todos respiraron con alivio, nosotros nos quedamos sentados uno junto a otro sin hablar, como si no hubiese ocurrido nada. Y cuando todos se pusieron de pie con pesadez, bostezaron y empezaron a subir la escalera, él rehuyó mi mirada, se apartó de mí y desapareció por la parte de atrás del jardín.

Jamás había visto a Rahel tan furiosa como aquella mañana que vio a la muchacha alemana dormida junto a mi cama. Se había resbalado hasta la alfombra de retazos que había en el suelo y yo la tapé con la colcha, pasé por encima de ella sin hacer ruido para llegar a la puerta y luego fui a la cocina. Allí me encontré a Rahel, sentada en un taburete junto al horno, mirándome enfadada. Judith andaba de un lado para otro, cogía con la mano un azucarillo, toqueteaba el perejil del alféizar de la ventana o la hogaza de pan que estaba sobre la mesa, tarareaba sin parar. El ambiente de aquella sala estaba, por decirlo con suavidad, cargado.

—¿Tengo que contarte lo que hicieron con nosotras en aquel entonces?

Me estremecí y abrí la ventana para que entrase un poco de aire fresco. Los pájaros cantaban su canto matutino y la humedad de la noche pendía aún en forma de vapor sobre las casas. Sentí una tranquilidad y una calma extrañas, lo cual no tenía nada que ver con Rahel, sino con la suave respiración de la alemana sobre mi alfombra.

—¿Cuando se nos llevaron?

—No.

—Íbamos hacinadas, aquello apestaba...

—No.

—No por las muchísimas mujeres, sino por el miedo...

—Cállate.

—Muchas lloraban. En voz baja. Otras estaban como paralizadas y se aferraban a los niños que llevaban en el regazo.

—Que te calles.

—Pero después se los quitaron. Tal vez ellas lo sabían ya y por eso agarraban con tanta fuerza sus cuerpos pequeños y suaves. ¿Quieres saber lo que decía madre todo el rato?

—No, no quiero.

Rahel podía ser muy cruel.

—¿Y por qué no? Normalmente quieres saberlo todo, y en detalle. ¿Por qué das cobijo a una alemana, si no? A una asesina. A una de ellos.

No respondí. Judith posó un beso en mi mejilla arrugada al pasar.

—La mermelada te quedó muy buena —susurró. Se refería al tarro que aún seguía pegado en parte a la casa de los Schlegel—. La he probado.

—Quiero que te mantengas alejada de ella. —A esas alturas Rahel ya había levantado la voz y yo temía que la alemana pudiera despertarse—. No quiero que hables con ella, ni que pienses en ella, ni que la mires, ni que la toques. Quiero que la odies con todas las fuerzas que seas capaz de reunir. Ódiala hasta que desaparezca.

Cuando me volví hacia ella, vi que Rahel se había levantado y que le corrían lágrimas por las mejillas, aunque su expresión era dura y torcía el gesto.

—Tú no sabes lo que nos hicieron. No tienes ni idea. Si lo supieras... —Se interrumpió y se pasó ambas manos por la cara con vehemencia, abrió la puerta del horno y removió las cenizas frías con el atizador—. Hay que vaciarlo.

Asentí con la cabeza y fui a por un cubo y una pala. Las cenizas se arremolinaron al sacarlas de allí y, húmedas y frías, se adhirieron a mi garganta y mis pulmones. Tragué con fuerza para hacerlas pasar, pero aún horas después seguía notando el sabor a humo en la lengua. Más tarde, en el jardín, vi el rostro de la alemana en la ventana de arriba mientras yo doblaba las ramas del albaricoque para ver de cerca las yemas, esos pequeños frutos verdes del tamaño de un guisante que relucían en la luz de la mañana.

P ola no habría sabido decir qué la impulsó a subirse a ese autobús una tarde para ir al barrio en el que suponía que se encontraba el Schalom. Ni siquiera se planteó esa pregunta, como si no hubiese sido una decisión consciente, sino un extraño diálogo entre sus piernas y su cabeza lo que dirigió sus pasos. Tuvo que recorrer varias paradas con el autobús, y durante el trayecto no dejó de retorcerse los dedos y mirar su propia imagen reflejada en la ventanilla. Lanzó el aliento contra el cristal igual que lo habría hecho en invierno y vio cómo el mundo se desdibujaba.

Hacía tan solo unos días, antes de que Adèl la pillara con Rahel, antes de que empezaran a evitarse, había estado viendo un DVD de una representación del *Romeo y Julieta* de Serguéi Prokófiev en la que un bailarín negro hacía de Romeo.

Adèl apareció en la puerta del salón. En realidad tendría que haber estado estudiando, pero la música lo había sacado de su cuarto. Se quedó un rato apoyado en el quicio con los brazos cruzados, mirando fijamente la pantalla. En algún momento soltó un suspiro y se dejó caer en el sofá junto a Pola. Cuando ella lo miró desde un lado, de repente su rostro le pareció arrugado y viejo. De pronto se parecía a Götz, lleno de preocupaciones tras esa frente tan alta y esos ojos cansados.

—¿Te acuerdas de antes, cuando nos pasábamos noches enteras viendo pelis largas porque no había nadie en casa y teníamos miedo a la oscuridad? —dijo Pola.

Adèl asintió con la cabeza.

—Me acuerdo de que dormíamos aquí, tú con el mando a distancia en la mano. Siempre decías que no te habías dormido.

—Y no dormía.

—Eso no es verdad, yo veía cómo te quedabas dormido. Hasta que el mando se te resbalaba de la mano otra vez.

—Puede ser.

—En realidad me parecía bonito. Yo sola en mi habitación habría tenido más miedo que aquí contigo.

—Götz ha preguntado por ti.

Pola no contestó nada. Se hizo con el mando a distancia y fue pasando las imágenes mientras sopesaba si sería capaz de realizar esos saltos. Se detuvo en la escena del balcón. Para Pola, lo que bailaban Romeo y Julieta y lo que en realidad se decían uno a otro estaban a kilómetros de distancia. «¡Ah, Romeo, Romeo! ¿Por qué eres Romeo? Niega a tu padre y rechaza tu nombre, o, si no, júrame tu amor y ya nunca seré una Capuleto». Pola se sabía el texto de memoria de la cantidad de veces que lo había leído esas últimas noches, una detrás de otra.

Mientras los dos se decían cosas tan serias, bailaban como si el amor entre ellos fuese lo único que tuviera sentido. Y tal vez así era.

—Quería saber dónde te metes. Y qué haces. Cómo es que ya hace tiempo que no vienes con nosotros.

—Ensayo mucho.

—Me parece que deberías saber cuál es tu lugar.

—¿Y cuál es mi lugar?

—Cómo no vas a saberlo, Pola.

Los dos miraban fijamente la pantalla. Romeo daba piruetas, tenía un cuerpo muy torneado en el que podían distinguirse todos y cada uno de sus músculos.

—Yo no tengo ningún lugar.

—Tu lugar está conmigo, por supuesto. Lo sabes, ¿verdad? Nosotros dos. Tú y yo. —Le puso el brazo sobre los hombros y la apretó un momento contra sí, con fuerza, como hacen los hermanos.

—Lo sé. Tú y yo.

—¿Entonces? ¿Cuándo te vienes?

Ella se encogió de hombros y pasó varias escenas en avance rápido hasta que Romeo y Julieta aparecieron en un escenario con un ventilador gigantesco. Sus cuerpos se entrelazaron y Julieta se inclinó hacia atrás, casi a cámara lenta, y sus manos tocaron el suelo con una suavidad infinita.

A Pola se le encogió el estómago al recordarlo. Aunque tal vez fuera también porque no había comido nada. Se preguntó cómo podía ser que un solo instante tan breve, una mirada y una muchacha judía pudieran cambiarlo todo. Cambiarlo tanto que ya no existía ese tú y yo.

El autobús se detuvo y ella se apresuró a bajar. Ya no quedaba muy lejos de allí. Echó a andar por una travesía donde el tráfico era más tranquilo. Pasó por delante de terrazas de cafeterías con sillas de colores y personas sentadas al sol, tomando un helado. En un cruce se detuvo porque le temblaban las rodillas. Se apartó el pelo de la cara con fastidio, se lo sujetó bien con una horquilla y después siguió andando, cruzó la calle y cambió de acera. Un par de casas más allá localizó el Schalom. Había un cartel con una tipografía de trazos alargados. Avanzó a tientas hasta encontrarse justo enfrente. El edificio estaba viejo pero recién pintado. Alguien había dibujado una estrella de David con espray rojo en la pared blanca. Delante del restaurante había varias mesas con bancos que a esa hora, la de la comida, estaban todas ocupadas, y una mujer que le recordó mucho a Rahel iba con una bandeja de mesa en mesa, tomando nota a los clientes. Tenía su misma cara, con su misma nariz larga y recta, y también ese pelo negro que parecía crin cuando lo tocabas. Pola se escondió en la sombra de un portal. El corazón se le salía del pecho. La mujer miró un instante hacia ella y luego desapareció en el interior del Schalom. No podía haberla reconocido. Era imposible. Y, aun así, Pola se sintió miserable agazapada allí. Dejó que su mirada se paseara por las plantas superiores con la esperanza de encontrar algo que le indicara dónde estaba Rahel. Una prenda de ropa colgada en la ventana. Cualquier cosa.

Algo que le diera permiso para cruzar y sumergirse en la vida de su amiga. Entonces la oyó cantar. En algún lugar bajo aquel tejado. Su voz sonaba clara y pura, justo igual que el día que había cantado para ella en mitad de las amapolas.

Cuando le conté a Judith lo del beso de Franz, lanzó la cabeza hacia atrás y se echó a reír. ¿He mencionado ya que me encantaba su risa? Nunca se reía de mí, no se burlaba ni se mofaba a mi costa. Saltó del alféizar de la ventana, donde le gustaba sentarse a leer, y me estrechó entre sus brazos.

—¡Hermanita! *Shvesterke!* ¡Qué alegría! —Caímos juntas en el suelo de la cocina, sobre las pequeñas baldosas blancas y negras, y Judith se llevó los dedos a los labios—. ¡Ay, cuéntamelo! ¡Quiero saberlo todo!

—¡Pero que no se entere Rahel!

—¡Seré una tumba! —Le brillaban los ojos y le salieron los hoyuelos de las mejillas. El libro que tenía en las manos hacía un momento (uno de Émile Zola) quedó tirado a nuestros pies con las páginas dobladas.

—¡Y madre tampoco puede saberlo!

Levantó la mano derecha.

—¡Lo juro! ¡Por mi alma! ¡Venga, cuenta de una vez!

Hitler se acercó a nosotras por el suelo de baldosas y ahuyentó a Kezele de su sitio para mendigar una hoja de lechuga. Esas últimas semanas había crecido, su caparazón ya era más grande que mis dos manos juntas cuando las ponía una al lado de la otra.

—¿Dónde fue? —preguntó Judith, y casi para sí misma añadió —: Mi pequeña, nuestro duendecillo, ha sido la primera en recibir un beso.

Nos dimos las manos y Judith me miró llena de expectación. Ella, que tenía cuatro años más que yo.

—En el sótano. Anoche, mientras caían las bombas —solté sin aliento.

De nuevo pude sentir las manos de Franz en el cuello y en la cara. Esas manos toscas de chico, con las uñas sucias, firmes y tiernas sobre mi piel. ¿O solo lo había soñado? ¿Lo habría deseado demasiado?

—¿Mientras yo estaba sentada a tu lado? —preguntó Judith entusiasmada—. ¿Al lado de Rahel y de mí? ¿Con madre enfrente? ¡Si se enterase...!

Asentí y no pude contener la risa.

—¿Qué se siente? ¿Cómo es? ¿Es tal como lo describen los libros?

—¿Qué libros? —susurré.

—Ay, pues los prohibidos... —contestó Judith en un susurro—. *Les Fleurs Secrètes du Jardin, Amours Romaines...*, todos esos.

Yo nunca había oído hablar de nada semejante. Lo único que conocía era lo que podía asir con mis propias manos.

—No nos dejan leerlos, pero yo conozco a alguien que me los consigue. Da igual. Eso no es importante.

De nuevo apretó mis manos, y oímos que alguien entraba canturreando por la puerta de casa y subía la escalera. Rahel, que llevaba nuestra ropa limpia a las habitaciones.

—Es muy raro.

—¿Raro?

—Sentí la tripa revuelta. El corazón me latía tanto que pensé que me iba a explotar. Y, a la vez, lo deseaba tanto que...

—¡Dios mío, Elisabetta, qué emocionante! ¿Te abrazó?

—No del todo. Con las manos me tocó el cuello, con cuidado, como si pudiera romperme... —Empezaba a sudar solo con recordarlo. ¿Qué habían hecho mis manos? ¿Se habían quedado unidas sin más en mi regazo? ¿Las puse sobre su pecho? Ya no lo sabía.

—¿Y la lengua? ¿Qué hizo con la lengua?

—Me la pasó por los labios —respondí, fiel a la verdad.

Judith se estremeció. Nos colocamos aún más cerca una de otra y yo aparté un poco a Hitler, que me miró casi enfadado, molesto porque no le estaba haciendo caso. Saqué una hoja de lechuga del cubo de los restos de verduras que tenía detrás de mí, en el suelo, y se la alcancé.

—¿Madre te lo ha explicado ya? —me susurró Judith al oído.

—¿El qué?

—Lo que hacen los hombres con las mujeres.

Mi hermana me acarició el pelo y Kezele salió al jardín delantero saltando por la ventana abierta, no sin antes maullarnos quejumbroso. Hacía calor, sería un bochornoso día de agosto, Kezele lo pasaría a la sombra del albaricoque y nosotras, las muchachas, en el fresco interior de la casa.

—Pues te lo explico yo —decidió—. Ya eres bastante mayor. Es verdad que todavía no has celebrado tu Bat Mitzvá, pero te lo contaré de todas formas.

—Franz no es un hombre.

—Pero pronto lo será, y entonces te meterá el pene por la vagina.

Tragué saliva, me pregunté si quería saber todo eso y escuché a ver si oía a Rahel, que por encima de nosotras iba cerrando puertas de armario con gran estrépito.

—Bueno, ¿qué te parece?

Me encogí de hombros.

—¿El qué?

Oímos cómo Rahel cantaba el *Hava Nagila* en la escalera, callamos un momento y vi que a Judith se le saltaban las lágrimas... «Hava nagila, hava nagila, hava nagila venismejá... Alegrémonos, regocijémonos».

Rahel abrió la puerta de golpe y lanzó con brío el cesto vacío de la ropa sobre la mesa de la cocina.

—«Uru ajim! Belev sameaj! ¡Despertad, hermanos, con el corazón feliz!» —Nos miró con una sonrisa enorme, y Hitler escondió enseguida la cabeza en su caparazón—. ¿Qué hacéis ahí?

—Acabo de contarle a Elisabetta el gran secreto —informó Judith, y enseguida se secó una lágrima.

—¿Estás loca?

—Quería saberlo. Quién sabe cuánto tiempo queda...

—Eso es cosa de madre.

—Madre tiene otras cosas en la cabeza.

Rahel puso peor cara aún y apartó a Hitler con el pie para sentarse junto a nosotras en el suelo. Nos colocamos en círculo, nuestras cabezas casi se tocaban. A Rahel el pelo se le rizaba sobre las mejillas; hacía poco que se lo había cortado justo por debajo de las orejas, muy en contra de los deseos de nuestra madre.

—Todavía no era el momento, Judith —dijo con severidad—. Nosotras no lo supimos hasta mucho más tarde. Aún es una niña. Además, debe hacerlo una mujer adulta.

A mí me parecía que Rahel y Judith ya eran bastante adultas.

—Eso son tonterías. Además, ya he empezado a contárselo.

—Pero ¿por qué mete el hombre el pene en la...? —empecé a preguntar para acelerar un poco las cosas.

—Niños. Así es como se hacen los niños —me interrumpió Rahel.

—Y dicen que produce un placer infinito —añadió Judith enseguida—. El hombre está obligado a asegurarse de que a la mujer le guste lo que le hace.

—Los niños son la parte más importante.

—A mí no me lo parece. Se trata de la sensualidad. De fundirse el uno con el otro.

—Para el hombre, tal vez. Para los hombres se trata exclusivamente de placer. Siempre.

—Para las mujeres también —insistió Judith—. El hombre tiene que preparar a la mujer con cuidado...

—Cosa que les encanta olvidar, según dijo madre, y entonces duele.

—Eso es un pecado. No debe doler nada.

—Dicen que la primera vez hace muchísimo daño. Y que sangras. Sangras una barbaridad, tanto que luego ya puedes tirar todas las sábanas en las que has yacido. Eso dijo madre.

—Pero después es una delicia y se te olvida todo el dolor.

—¡Qué dices! ¡El dolor no lo olvidas nunca! ¡Jamás! —la interrumpió Rahel con brusquedad—. Así que no te líes con hombres. ¡Solo traen problemas! No estarás enamorada, ¿verdad?

Sacudí la cabeza con energía, pero no me atreví a mirar a Rahel a los ojos.

—Sí, no te líes con ellos a menos que tengas curiosidad y seas atrevida y quieras verte recompensada con lo mejor que tiene este mundo para ofrecer.

Rahel suspiró y se dio por vencida.

—No seas así, Rahel, que tú también quieres saberlo. —Judith le acarició el cabello—. *Uru shvesterke belev sameach.* Despierta, hermana, con el corazón feliz.

Nos sonreímos y yo reprimí todas las preguntas acuciantes que me ardían ya en el alma, pues los momentos en los que Judith y Rahel estaban de acuerdo eran muy escasos. Unimos nuestras sienes y pensé en Franz y en sus labios, y en la promesa que no me había hecho.

Muy a mi pesar, me mantuve lejos de la alemana en la medida de lo posible. Lo hice por Rahel. No quería enfadarla innecesariamente, ponerla en mi contra o en contra de la muchacha. Rahel era capaz de matar si lo consideraba necesario. Durante una temporada fingí estar enferma. Me enrollaba un chal al cuello a pesar de las temperaturas que reinaban en Viena, no salía de casa y me sentía como una boba.

Recibí una carta del abogado de la gente que se había instalado en la casa de los Schlegel. Me instaba a ponerme en contacto con él, pero no hice caso del escrito y lo quemé en el horno. A mi edad, esas cosas pueden dejarse pasar sin hacer nada. Tarde o temprano moriría, y tenía la sensación de que ese instante se acercaba a una velocidad vertiginosa. Tan deprisa que la carta de un abogado resultaba del todo ridícula.

Cuando la muchacha llamaba a mi puerta, me tapaba con el chal hasta las orejas y miraba hacia el jardín como si no hubiera nada más interesante que los mirlos que se peleaban allí, en el albaricoque.

Rahel me dijo que debía aguantar. Mantener la cabeza fría y dejar a la muchacha en paz. Ya que no la echaba de casa, por lo menos debía actuar como si no estuviera allí. Judith me echó sus esbeltos brazos blancos alrededor del cuello y me susurró que nunca era demasiado tarde para perdonar. Aunque Judith había sido una romántica sin remedio desde siempre, yo casi toda la vida había preferido seguir sus consejos.

Hasta que un día la alemana apareció de pronto en el jardín. No tenía permiso para cruzar mi vivienda y salir por la puerta de la terraza, así que debía de haber trepado por la valla. Realizó varios giros en el aire con ligereza, giros como los que yo solo había visto dominar a bailarines varones, y varias series de pasos en media punta. El sol de la mañana le iluminaba la cabeza, la melena y también las manos gráciles que alargaba extendidas hacia el cielo. Otro salto arremolinado y ya la tenía justo delante de mi ventana, inclinándose con garbo.

Las tres nos quedamos mirándola sin aliento, y entonces Rahel se volvió sin decir palabra, como si ya hubiera visto suficiente para el resto de su vida.

—Déjala —dijo Judith—, solo tiene miedo de que esa muchacha le rompa el corazón.

Igual que todos los años, por el cumpleaños de Götz se reunieron en la gran casa cuadrada. Mientras Pola la recorría, tuvo la sensación de que miles de ojos la estaban observando desde el exterior a través de las cristaleras. Se dijo que sin duda era porque fuera ya estaba oscuro y no había ninguna otra luz. No era como en la ciudad, donde siempre tenía la sensación de ser más bien ella la observadora, mientras que pasaba desapercibida para los demás.

Se paseó un rato por la casa sin rumbo, haciendo tiempo hasta que todos estuvieran allí. Se había puesto guapa, con una blusa blanca y una falda azul marino hasta las rodillas. Zapatos planos y una cinta en el pelo. Los hombres se presentaron de uniforme. Götz lo quería así. Tenía algo que ver con el respeto. Eso decía él.

Subió por la escalera que llevaba al piso de arriba. Allí, en el descansillo, Pola se detuvo sin saber adónde ir. Oía a Götz, que se estaba afeitando en el baño. El agua susurraba en el lavamanos y la cuchilla se deslizaba por los cañones de barba de las mejillas de Götz. Ahí estaba el cuarto de él, al lado de la habitación que había ocupado Adèl, y luego venía la de ella. Abrió la puerta sin hacer ruido y entró. La cama estaba hecha con una colcha blanca, impoluta, como si todavía no hubiera dormido nadie en ella y, aun así, si Pola cerraba los ojos, podía verse a sí misma tumbada en esa cama, hecha un ovillo debajo de las mantas, y a Götz sentado a su lado, acariciándole la espalda con sus garras hasta que se quedaba dormida. Recordaba perfectamente que le pidió si podía cantarle algo. Cantarle, porque en esa casa había tanto silencio y sus propios pensamientos hacían un ruido tan ensordecedor... Pero Götz no le cantó. Solo se quedó sentado junto a ella hasta que a Pola se le cerraron los ojos y se deslizó despacio hacia el mundo de los sueños. Cuando volvió a despertar, él se había ido y la habitación estaba a oscuras.

Se sentó en la cama con cuidado, miró hacia la ventana y pensó que nunca había dudado de que Götz era su familia. Igual que Adèl.

—¿En qué piensas? —Götz había entrado tras ella sin que se diera cuenta y le puso las dos manos sobre los hombros.

—No sé.

Era mentira, desde luego. Tenía la sensación de que debía disculparse, pero lo dejó estar y no apartó los ojos de la ventana. Anochecía poco a poco y, aun así, Pola vio cómo llegaba Adèl conduciendo despacio por el camino. Tras él iban más coches.

—¿Debería preguntar mejor en quién piensas?

Pola se encogió de hombros y Götz la estrechó contra su pecho. Le habría gustado mucho decirle en quién pensaba. Pensaba en una chica judía con el pelo oscuro y rizado y una risa ronca.

—Mi padre siempre decía: Götz, observa bien a la gente. Así sabrás lo que hay que hacer.

Pola oyó a su hermano reír abajo, frente a la casa. No estaba claro si Götz se refería a Adèl, a los demás jóvenes o a todo el grupo. Tal vez ni siquiera se refería a ninguno de ellos. El torso de Götz era ancho, sus manos sostenían con firmeza las de ella.

—¿Y qué hay que hacer?

—Lo que está sucediendo en este país no es bueno —repuso él sin contestar a su pregunta—. Ahora no puedes entenderlo todavía, porque eres muy joven, pero en algún momento verás que llevo razón.

Se abotonó la camisa del todo y volvió a Pola hacia sí. La corbata le colgaba del cuello sin anudar.

—¿Sabes, Pola? Os tengo muchísimo cariño a Adèl y a ti. Hace ya bastante que estoy metido en esto de la hermandad y todo lo que he sacado es esa panda de débiles miserables. —Le indicó a Pola con un gesto de la cabeza que le hiciera el nudo de la corbata.

Ella tiró de ambos extremos con pericia hasta tenerlos bien rectos y empezó a anudarlos.

—Son jóvenes que no saben qué camino seguir. No tienen nada dentro, ¿lo entiendes? Seguirían a Dios sabe quién, y por casualidad me ha tocado a mí. Por suerte he sido yo.

Se palpó satisfecho el nudo de la corbata y luego volvió a echarle el brazo a Pola sobre los hombros.

Los jóvenes seguían reunidos fuera, charlando, solo Adèl se había apartado un poco. Cada vez que otro coche se acercaba por el camino de entrada, saludaba a los recién llegados.

Götz se puso en el pecho la banda que acababa de dejar en la cama y se colocó la gorra militar sobre la cabeza.

—Pequeños fracasados llenos de granos —soltó con un suspiro—. Dime qué voy a hacer con ellos.

Se puso su casaca negra por encima.

—Una infantería ridícula. ¿Cómo habría de identificarse nadie con esos chicos? ¿Me lo quieres decir? Necesitamos a personas que inspiren a los demás. Personas a quienes admirar, no unos simpatizantes apáticos. Pero vosotros dos, por suerte, sois diferentes. Tú eres como una hija para mí. Y Adèl... A Adèl puedo imaginarlo convirtiéndose en el sucesor que siempre he deseado.

Abajo, como si hubiera sentido que Götz hablaba de él, Adèl se volvió y miró hacia la ventana buscando con los ojos.

—No le digas nada —pidió Götz—. Todavía es muy pronto para hablarle de nada de eso. Pero quería que lo supieras.

—Está bien.

—A ti puedo decírtelo, Pola. Todo lo que está pasando me da miedo, pero por suerte estamos nosotros. Volvemos a estar aquí.

Bajaron y Götz los hizo pasar a todos al comedor, una sala alargada y rectangular con vistas al jardín de atrás. Cuando era de día se podía ver la piscina, cuya forma geométrica estaba contenida por tablones de madera. Pola había jugado en ella con los pies descalzos cuando era más pequeña, tan pequeña que ya casi no recordaba lo que pensaba en aquella época. En realidad había sido hacía solo dos veranos, tal vez. Puede que tres.

Enseguida se sentó con Götz y con su hermano a la larga mesa que habían preparado, adulta, seria. Tenían asado, albóndigas de sémola y cerveza. La gobernanta sirvió la comida y Götz dio un discurso sobre lo orgulloso que estaba de los jóvenes, lo mucho que los quería a todos, de corazón, como a hermanos o a hijos, y que todos ellos estaban destinados a conseguir grandes cosas.

—¿Qué es...? —preguntó—. ¿Qué es lo que más desea un hombre? —Hizo una pausa teatral durante la que nadie se atrevió a respirar siquiera—. Lealtad. Lealtad hasta la muerte.

Cuando terminó, los jóvenes aplaudieron con entusiasmo. Algunos se pusieron en pie y levantaron sus copas hasta que Götz los hizo callar con un gesto abrumado y les dijo que podía dar comienzo la comida.

Pola ya había oído ese discurso otras veces. Normalmente Götz contaba también la historia del perro que había tenido cuando era niño. El animal había encontrado a su padre muerto en las montañas (se había caído desde un sendero poco seguro) y no se movió de su lado en toda la noche, hasta que llegó el servicio de salvamento. Esta vez, no obstante, por lo visto había decidido prescindir de la anécdota. Pola observó a Adèl, que se había bebido tres cervezas seguidas, una detrás de otra, y casi no había comido nada. Después vio cómo se levantaba y alzaba su botella de cerveza.

—¡Por Götz! ¡Por los buenos tiempos hacia los que nos guiará! —Miró a los asistentes para brindar y sus ojos se quedaron clavados en Pola—. Si confiamos en él. ¡Y sin duda podemos hacerlo!

Calló unos instantes, esperando a que remitiera el tumulto que se había levantado. Algunos reían, otros parecían no saber cómo debían tomarse esa última frase.

—Esta semana han llegado los nuevos a la Casa de la Hermandad, el próximo semestre comenzará pronto y deberíamos demostrar unidad. Eso es a lo que Götz se refiere cuando habla de lealtad.

Pola miraba su plato y paseaba un trozo de carne de aquí para allá con el tenedor. Toda esa palabrería sobre la lealtad y la unidad, esos conceptos que utilizaban, la ropa que vestían, todo aquello le era tan familiar como las manos de Götz, que seguían relajadas en su regazo, su risa áspera, y su hermano, alto y adulto vestido de uniforme. Soltó el tenedor porque se dio cuenta de que le temblaban las manos. El corazón le latía con fuerza y regularidad.

—Pero ya basta. No olvidemos que estamos aquí de celebración. Quisiera contar también un pequeño chiste. Seguro que os gustará... —Adèl miró a Pola y sus labios se torcieron en una sonrisa.

Ella inspiró con brusquedad; el aire parecía quedársele pegado en las encías como ese caramelo que Rahel le llevaba a veces del Schalom, ese que luego tenía que rascarse de la lengua y que seguía encontrándose entre los dientes aun horas después.

—¿Qué hace un judío en un columpio?

El interior de Pola quedó en silencio, como si alguien le hubiese quitado el sonido. Vio que Götz le decía algo a Adèl y le ponía la mano en el antebrazo, pero sus palabras no llegaron hasta ella, como tampoco el tintineo de las copas ni las carcajadas de los demás. Solo podía ver cómo se movían los labios de su hermano. Su boca que se abría y se cerraba.

—¡Cabrear a los francotiradores alemanes! —vociferó alguien desde el otro extremo de la mesa.

—¡Justo! —Adèl brindó hacia ella—. Cabrear a los francotiradores alemanes. Pola, ¿es que no lo has pillado?

—Sí, lo he pillado. —Volvió a asir el tenedor y ensartó un trozo de asado con ímpetu.

—¿Y bien?

—¿Y bien qué? —Masticar. Tragar. Parecer normal.

—Pues que es divertido. Todos se están riendo.

—Déjala en paz —intervino alguien—. Es un chiste de hombres, a las chicas no tiene por qué hacerles gracia.

—Entonces lo explicaré de otro modo. Para chicas. Especialmente para mi hermanita. Venga, hermanita, ¿qué hace una judía en un columpio? ¿Eh?

Los ojos de Adèl se clavaron en los de Pola y ella tuvo la sensación de que en ellos vio todas las pequeñas cosas que la unían a Rahel, todo lo que había sucedido, lo que se habían dicho, lo que habían pensado. El beso susurrado en la mejilla de Rahel. Su sonrisa cuando esperaba a Pola en el murete de delante de la escuela de ballet. Sus abrazos, intensos y cariñosos.

—Solo quiero que mi hermana lo pase bien. ¿Acaso es pedir demasiado? ¡Venga, ríete ya, Pola!

—¡Maldita sea, Adèl! ¡Siéntate de una vez y come algo!

Götz lo agarró del antebrazo, pero Adèl se zafó de un tirón y se encorvó hacia su hermana hasta que tuvo el rostro justo delante del de ella.

—¡Quiero que te rías! —le dijo en voz baja—. ¿Me has entendido?

Me escabullí en plena noche. Bajé de la cama con cautela, cuidando de que mis hermanas no se despertasen, y subí la escalera hacia el piso de arriba, el de la muchacha. Respiraba intentando no hacer ruido, pero tenía la sensación de que el aire entraba con mucha más facilidad en mis pulmones ahora que Rahel y Judith dormían y yo, de pronto, me encontraba sola.

La muchacha no había cerrado la puerta con llave. Al entrar, la encontré sentada en su cocina, en el viejo sillón con tapicería de terciopelo que antes solía estar delante del tocador de mi madre. Estaba muy erguida y parecía leer el periódico. O tal vez estuviera cosiéndoles cintas nuevas a sus zapatillas de punta. O solo lo fingía. Con cuidado, dejé el tarro de mermelada en la mesa y abrí la ventana para que los ruidos de la noche silenciaran nuestras voces. El tranvía hizo sonar su campanilla con suavidad y en algún lugar del vecindario había un televisor encendido aún. Me llevé el dedo índice a los labios cuando ella abrió la boca para decir algo.

—No debemos despertarlas —susurré—. Tienen el sueño muy ligero. A veces Rahel se despierta solo con que me dé la vuelta en la cama.

Volvió a cerrar la boca.

—Ya de niña era así de sensible. Cuando Hitler corría por el suelo, la despertaba incluso el ruido de sus patas sobre los tablones de madera.

Hacía mucho que no subía allí arriba. Cuando tenía un inquilino, me encargaba de entregarle la vivienda, pero nada más. Con eso me bastaba. Las habitaciones que habían ocupado mis hermanas, el dormitorio de mis padres, mi cuarto. ¿Por qué tenía que volver a verlo una vez más? Sentir las viejas historias una vez más. El piso de arriba me suponía un dolor en lo más hondo del pecho, y a ratos incluso se me paraba el corazón y tenía que volver a ponerlo en marcha con una inhalación profunda. Desde el tragaluz podía echarse la mirada por encima del jardín hasta la casa de los Schlegel. La copa del albaricoque no llegaba a tapar del todo el edificio, y su visión me hacía sentir una puñalada en el cuerpo cada vez. Uno no puede decidir qué es lo que le provoca lágrimas. Sencillamente sucede, y en mi caso era el tiempo que pasé con Franz.

Acerqué más el tarro de mermelada por la mesa. Hacía ya varios días que lo llevaba encima, como un pequeño tesoro de color ámbar. No había muchos de ese año, y uno de ellos lo guardaba en el pequeño armario de los medicamentos de mi padre. El tarro que acababa de dejar en la mesa era uno de los otros. A pesar de eso, sentí que me fallaban las piernas, como si me estuviera asomando por encima de una barandilla para contemplar un abismo de cientos de metros.

—Mermelada de albaricoque —dije—. De mil novecientos cuarenta y cuatro.

—¿Quiere que la abra?

—¡Adelante!

La muchacha desenroscó la tapa con un chasquido sordo y olió el interior, después metió el dedo índice y se lo lamió.

—¿Quiere usted un poco?

—¡Por supuesto!

Hice igual que ella, y el recuerdo me recorrió con tal viveza que por un momento se me oscureció la visión. Vi a mi madre de pie ante los fogones, quitándoles el hueso a los albaricoques, echando cada uno de los frutos en la olla, dándoles vueltas, añadiendo azúcar, solo un poco, porque ya casi no quedaba.

—Tendrá que aguantar así —decidió—. ¿Tú qué dices, Elisabetta? ¿Sobrevivirá la mermelada a la guerra? ¿Con tan poco azúcar?

—No lo sé.

Yo pensaba en algo muy diferente. En Franz, que desde el beso no se había dejado caer más por allí; nuestra guerra se había entibiado. Solo lo había visto desde lejos, en la calle, enviando una piedra de una patada contra el cubo de la basura.

—No se puede sobrevivir a la guerra. —Se inclinó sobre la olla, tan cerca que el líquido, que acababa de romper a hervir, le salpicó en la cara—. Sin azúcar, quiero decir. Pero qué le vamos a hacer... —lo dijo como si de todas formas nosotros ya no fuésemos a estar allí después de la guerra, como si nos diera igual que la mermelada se estropeara o no.

Me subí a la mesa de la cocina tomando impulso y me senté entre los tarros limpios, todos puestos en fila. Mis hermanas se habían encerrado en sus habitaciones. El calor las adormilaba, como a las lagartijas bajo el sol de la tarde. Solo yo seguía activa, un duende inquieto, siempre buscando, siempre despierto.

—¿Sabes, Elisabetta? A ti puedo decírtelo, tú eres diferente a Rahel y Judith.

—¿Diferente cómo?

—Siempre entiendes lo que quiero decir. Ya cuando eras pequeña tenías una mente muy despierta. Como si hubieras nacido siendo mayor. —Asintió al recordarlo. Entonces alcanzó un tarro vacío con la mano y lo contempló como si allí dentro se hubiera conservado mi pasado. Algo que solo ella podía ver—. Y por eso te lo digo a ti: las cosas no irán bien mucho tiempo más.

Mi madre se volvió hacia los fogones para darle vueltas a la mermelada.

—No nos dejarán en paz mucho tiempo más solo porque tu padre sea buen médico. Eso es absurdo. Hemos vivido engañados.

Aquella revelación no me estremeció. Nunca había pensado mucho sobre ello, por eso para mí solo fue una frase como cualquier otra, no una que me supusiera un sobresalto enorme por todo el cuerpo.

—En el sótano, detrás de la puerta de la despensa, está el armario de los medicamentos de tu padre. Allí encontrarás un tarro de mermelada. Solo por si acaso.

—¿Por si acaso qué?

—Por si vienen y quieren llevársenos de aquí.

—¿Y entonces qué?

—Llevará escrito el año mil novecientos cuarenta y cuatro. Es uno de estos tarros. ¿Lo ves?

—¿Y qué más?

—Es solo para un caso de emergencia, Kezele. Por si quieren hacerte algo y yo no estoy para ayudarte.

—Para un caso de emergencia.

—Dentro tendrá arsénico. No se lo vayas a contar a tu padre, que me mataría. Por eso esconderé el tarro bien al fondo. Ya sabes dónde está colgada la llave de ese armario.

Se volvió hacia mí y me miró un momento a los ojos. Después me abrazó y me apretó contra su ancho pecho de cantante. Por encima de su hombro, al otro lado de la ventana, vi entonces a Franz. Venía por la calle con las manos metidas en los bolsillos del pantalón, recorriendo todo el bordillo como si no hubiera ninguna guerra, como si solo existieran el cielo azul claro sobre Viena y el aire veraniego que alborotaba su pelo rubio. Como un rayo, me saqué el tirachinas del bolsillo de la falda y coloqué un hueso de albaricoque en la goma. Mientras mi madre hundía la cara en mi pelo de duende, le disparé a Franz el hueso justo entre los ojos. Él se puso a dar alaridos mientras se apretaba la frente con la mano.

—Con una cucharada bastará, Kezele, no hace falta más.

—Bueno —dije—. Me acordaré. Solo una cucharada.

La muchacha se levantó y se acercó a mí rodeando la mesa. Parecía que quisiera ponerme una mano sobre el brazo, el hombro o la espalda, pero cuando vio la expresión de mi rostro se detuvo y, en lugar de eso, se apoyó en el antepecho de la ventana.

—La compasión es lo que menos le sirve a nadie —dije con furia—. No ayuda, no te lleva a ningún sitio y solo consigue que te sientas peor. Si hay algo que desprecie de todo corazón, es la compasión.

—También yo pienso así.

—Pone a unos por encima de otros. Les da poder. Como si pudieran curar a los demás. Pero no es así como funciona. Eso sería demasiado fácil.

—¿Cómo funciona, entonces? —Parecía sinceramente interesada, lo cual me tranquilizó.

Mi corazón latía ya más despacio y el zumbido de mis oídos se iba suavizando.

—No funciona con nada.

—¿Con nada?

—Con nada, no. Tengo que desengañarte. Nadie podrá curarte jamás.

—¿A usted nadie pudo curarla? —Su pregunta sonó como una afirmación.

—No.

—¿Y nadie podrá curarla jamás?

—No.

Volvió a meter el dedo en el tarro, que todavía sostenía en la mano, y se lo lamió. Con placer, me pareció a mí.

—Eso no me lo creo —dijo.

La siguiente ocasión en que Pola se acercó al Schalom, se había propuesto decirle a Rahel que no podían volver a verse, y la sola idea de hacerlo le había provocado ya un dolor de barriga. Repasó las palabras en silencio y las masticó en su boca como si fueran un trozo de ternilla incomible. Aun así, estaba decidida a pronunciarlas. A veces hay que decir las cosas aunque resulte difícil, pensó. Y se prohibió darle más vueltas.

Habían pasado solo unos días desde el cumpleaños de Götz, el cielo estaba cargado de nubes de un gris plomizo, hacía un día de verano bochornoso y sofocante que impacientaba a la gente. El conductor del autobús la reprendió por no llevar el dinero justo, y una mujer no quitó su bolso del asiento para que Pola pudiera sentarse, aunque el vehículo iba lleno hasta los topes. Ella no se atrevió a pedirle que lo retirara y se pasó todo el trayecto de pie junto a la puerta, sopesando si apearse en cada parada. No lo hizo. En algún momento cayeron unas gotas gruesas que golpearon los cristales, pero no se puso a llover de verdad. Pola deseó que lloviera igual que aquel día en el lago, y así el clima sería como un telón que descendería de nuevo para darle un final lógico a su amistad.

Las mesas de delante del Schalom estaban desiertas y las sillas plegadas, como anticipando la tormenta. Al pasar de largo ante la puerta, Pola miró por una ventana. En el interior, tras la barra, vio a la mujer de melena rizada secando vasos y a un hombre apoyado en el mostrador. La otra persona que había allí dentro era Rahel, su hermosa y amada Rahel, su estrella, su universo. Y justo entonces, como si hubiera sentido su presencia, Rahel se volvió hacia ella y le hizo una señal con la mano.

—Entra, entra, que mis padres se alegrarán. Estoy segura de que estarán contentos de conocerte. Les he hablado de ti, de nosotras...

—Prefiero quedarme fuera.

—Fuera no, que llueve. Mira el cielo.

—No me importa.

—Pero a mí sí. Estoy hecha de azúcar. Azúcar moreno de caña, no refinado. Me deshago. Venga, vamos.

—Será mejor que demos un paseo.

—Mi madre se llevará un chasco.

—Vamos al lago.

—No suelen venir muchos amigos a verme.

—No lloverá.

—Ni suele venir mi mejor amiga a verme a casa.

—Es mejor que no.

—Mi amiga más querida.

—...

Rahel la tomó de la mano para hacerla subir los escalones del Schalom, pero Pola se resistió apoyándose en la pesada puerta de madera.

—Les caerás bien. Es imposible que no caigas bien, ¿lo sabías?

Tiró de ella y la llevó ante el mostrador. Al ver a los padres de Rahel, Pola sintió en el estómago bandadas enteras de pájaros revoloteando. Grullas, le pareció, o garzas. En cualquier caso unas aves demasiado grandes para su estómago.

—Esta es ella. Pola, mi mejor amiga.

—Hemos oído hablar mucho de ti.

—Sí, Rahel nos habla de ti a todas horas. —La voz de su madre era oscura y suave—. Dice que sabes bailar.

—Un poco.

—Pola miente. Baila como..., como... —Rahel buscaba las palabras—. Como el demonio.

—¿Es eso cierto? —La madre de Rahel sonrió y se apartó el pelo de la frente.

Pola estaba segura de que su tacto debía de ser igual que el de la crin del poni en el que había montado unos años antes en el hipódromo, siempre en círculos. Era casi tan negro como aquel, solo que entreverado de algunos finos mechones plateados.

—Claro que no —se apresuró a decir Rahel antes de que Pola pudiera contestar—. Baila como un ángel.

Pola se sintió al mismo tiempo avergonzada y feliz de que hablara así de ella, le ardían las mejillas, y la madre de Rahel le sirvió un vaso de agua mientras su amiga explicaba a una velocidad de infarto todo lo que había que saber de Pola; o, por lo menos, todo lo que sabía ella. Que en el lago buceaba dándole toda la vuelta a la isla y que solo tenía que tomar aire un momentito, a la altura de la presa del castor. Que no le importaba para nada que lloviera, pero que tenía miedo de los peces. Que nunca había estado en Sicilia y que en el puesto de comida callejera siempre pedía dos raciones de patatas fritas. Que bailaba el papel de Romeo y que había llegado a dominar el *spagat* sin tener que calentar mucho rato antes.

—¿De verdad? —preguntó la madre de Rahel, y Pola asintió con la cabeza y les hizo una demostración frente a la barra.

Rahel estaba tan orgullosa como si se tratara de sí misma. Le pidieron que diera un par de giros y Pola realizó dieciséis *fouettés* seguidos, cosa que nunca antes le había salido bien. Les mostró lo difíciles que eran los saltos que ensayaba para el Romeo, ya que, en ballet, la técnica de las bailarinas no tenía nada que ver con la de los bailarines.

—Bueno, casi nada —relativizó al final, y dio un último giro antes de inclinarse ligeramente, tal como se inclinan los hombres.

—Ha sido fantástico. —La madre de Rahel parecía impresionada.

Muy al contrario que la suya. La madre de Pola nunca la había visto bailar, bailar de verdad, libre y sin miedo.

—Aunque yo creo que Pola tendría que cortarse el pelo para hacer de Romeo. —Rahel la rodeó con los brazos—. Muy corto, igual que un chico.

—No te falta razón.

—Podría hacerlo yo. —La madre de Rahel abrió un cajón y luego otro, revolvió en él y por fin encontró unas tijeras—. ¿Quieres que te lo corte?

Pola sintió un hormigueo en la nunca y luego asintió. Rahel subió corriendo al apartamento para buscar un peine. Su padre colocó una silla en el centro de la sala, bajo la lámpara más luminosa, para que nada saliera mal, y puso a Amy Winehouse; Pola nunca había oído una música como aquella. Ronca y peculiar, triste y muy diferente a los bofetones en la cara que sentía cuando escuchaba la música de su hermano.

—Le has hecho perder del todo la cabeza a nuestra hija —comentó la madre de Rahel, y le guiñó un ojo. Acercó otra silla y se sentó delante de Pola, tan cerca que sus rodillas se tocaban—. Yo soy Esther. —Le alargó la mano—. Y ese es mi marido, Dov. Nos alegramos muchísimo de que estés aquí. Rahel nunca había tenido una amiga como tú. Una a la que estuviera tan unida.

—Yo tampoco.

—Es algo muy poco frecuente. Hay que estar agradecido por ello. Yo siempre había deseado algo así para mi hija. —Ladeó la cabeza, y Pola pensó que era guapa y que todo lo que le había dicho Götz se iba desvaneciendo más cuanto más contemplaba la cara de aquella mujer—. Tal vez porque yo no tuve hermanas. Ni ninguna mejor amiga. Y porque Rahel tampoco tiene hermanas. ¿Tú tienes alguna?

—Solo un hermano.

—Ah.

—No está tan mal. Desde que conozco a Rahel.

Esther sonrió de nuevo. Rahel abrió la puerta de golpe y le pasó el peine igual que si fuera algo sagrado, toda dramatismo, como si estuviera a punto de suceder algo trascendental.

Su madre le cortó el pelo a Pola mientras Dov seguía apoyado en el mostrador y Rahel no paraba de moverse con impaciencia alrededor de las sillas. Los primeros clientes entraron y pasaron por entre los mechones rubios, saludaron a Dov y a Esther y le acariciaron el pelo a Rahel. Pola sentía el frío metal de las tijeras contra el cuello y el firme pulso de Esther cuando le pasaba el peine por el pelo para recortarle las puntas. Una última mirada de comprobación.

—¡Listo!

Mientras subían el centenar de escalones que había hasta la habitación de Rahel, Pola no podía evitar pasarse las manos por el pelo todo el rato. Se sentía extraña y pensó en Adèl, en si él también sentiría el pelo así al tocárselo.

—El corte te ha quedado estupendo.

—¿Tú crees?

—Sí, Romeo.

—¿Quiénes son?

Se detuvieron junto a una cómoda que había delante de la habitación de Rahel y sobre la que se exponían dos fotografías enmarcadas, una al lado de la otra. Pola se inclinó hacia ellas.

—Esta es mi *bubbe*. —Rahel tomó la foto entre las manos.

—¿Tu *bubbe*?

—Mi abuela. Cuando todavía era joven. Antes de que tuviera a mi madre.

—¿Y esas de ahí? —Pola señaló la otra fotografía. Dos muchachas que estaban dadas del brazo debajo de un árbol en flor.

—Sus hermanas.

—Son muy guapas.

—No llegaron a adultas.

—¿Hasta cuándo vivieron?

—Hasta como nosotras. Un poco más. —Rahel dejó otra vez la foto en su sitio y arrugó la frente un momento, como si no quisiera hablar más sobre aquellas dos chicas.

Tampoco Pola quería.

—¿Y tu *bubbe*?

—Ella sí está viva. Ven, te enseñaré mi habitación, no estas fotos tan viejas. Mi habitación es bonita.

—Tengo que decirte una cosa.

—Primero mi habitación. Ya verás, se está muy bien. Ten, aquí tienes un espejo. ¿Qué te parece?

—¿Tu habitación?

—Tu pelo, boba.

—Corto. —El corazón de Pola empezó a latir con fuerza en su pecho al verse en el espejo.

—¿Y la habitación?

—Roja. Igual que tú. Es como la habitación de Rosarroja.

—¿Y tú tienes una habitación de Blancanieves? ¿Con una cama, una silla y una cortina blancas, y un oso que duerme ante tu puerta?

—Ni idea. Puede.

Se dejaron caer juntas en la cama, la una al lado de la otra, y Rahel levantó el espejo por encima de ambas. El pelo grueso y negro de Rahel rozó la mejilla y el cuello de Pola.

—¿Qué era lo que querías decirme?

—Quería decírtelo ya en el lago. Desde el principio.

—Cuando estuvimos buscando la cadena.

—Y no la encontramos.

—Cuando nos tumbamos en la hierba.

—Dadas de la mano.

—¿Y qué era?

—Es que no me atreví.

—Pero si tú te atreves a todo... Te atreves a bailar encima de un escenario.

—Ahí también tengo miedo.

—¿De verdad? ¿Tú?

—Puede que un poco. De tropezarme o caerme después de los giros.

—Yo también quería decirte una cosa.

—Primero yo. —Pola tomó aire y vio cómo se iluminaban los ojos de Rahel.

—No, yo. Lo mío es más bonito.

—Ya lo sé.

—¿Cómo vas a saberlo?

—Lo presiento.

—Te lo digo y ya está.

—No me lo digas.

—Que sí. Te quiero, Pola.

—Yo también te quiero, Rahel.

Rahel atrajo a su amiga hacia sí sobre la cama y le acarició el pelo, corto como un cepillo. Si apenas unos segundos antes Rahel había luchado consigo misma para decírselo todo, ahora era Pola quien decidió olvidarlo todo. Durante un día más. O dos. Puso su frente contra la de su amiga, y las grullas y las garzas de su estómago se transformaron en criaturas delicadas y de movimientos ligeros. Pola se preguntó si uno podía atreverse a hacer algo por lo menos una vez y, cuando se lo dijo a Rahel en voz alta, esta contestó que por supuesto, que uno siempre debe atreverse a ir a por todas. Solo para saber si funciona.

¿Y si no funciona? Bueno, entonces..., dijo Rahel, al menos el final llega a bombo y platillo, porque no hay nada peor que el silencio.

No hay nada mayor ni más intimidante que el silencio de una casa abandonada. Acecha desde todos los rincones. Rabioso y salvaje, dispuesto a saltarte encima en cualquier momento para devorarte. Hasta que ya apenas te atreves a dar un solo paso, te haces un ovillo, te tapas los oídos y te asustas cada vez que oyes crujir un tablón.

En aquel entonces, yo por lo menos tenía a Hitler. Me quedó Hitler; todos los demás desaparecieron.

A la muchacha alemana le daba miedo el silencio de su corazón. Una vez me dijo que cuando no oía nada podía ver el resplandor del fuego, sentir el calor y oler el humo del incendio, y que por eso nunca se permitía estar en silencio. Al irse a dormir ponía música y, en cuanto se acababa, volvía a despertarse. De noche callejeaba por Viena hasta que ya casi no se tenía en pie de agotamiento, y solo entonces regresaba a casa. A muchas personas les sucede lo mismo. Ella no es la única.

Después de haber subido a verla, empezamos a encontrarnos más a menudo. Siempre en secreto y de noche. Ella nunca llamaba a mi puerta; yo sabía cuándo estaba allí. La encontraba entonces fuera, junto a la puerta del jardín, exaltada y con las mejillas encendidas, y yo... volvía a sentirme un poquito como el duende que fui una vez, el que impulsaba a los demás a hacer cosas poco sensatas, el que trepaba a los robles y había besado en la boca a un chico cuyo pelo rubio como el trigo relucía al sol. De no ser por la espalda y las rodillas, que me dolían, me habría abandonado por completo a esa ilusión.

Una vez nos acercamos hasta la catedral de San Esteban. No entramos, porque ninguna de las dos tenía mucho que ver con la iglesia católica, pero sí nos sentamos delante y nos quedamos mirando a la gente que salía de los bares haciendo eses para regresar a sus casas. Una vieja y una joven.

—¿Sabe por qué estoy aquí? —me preguntó.

—No —respondí.

—¿Quiere saberlo?

—No.

Me daba igual que fuera una muchacha alemana.

También fuimos hasta el parque de atracciones de Prater, pero la noria estaba inmóvil y las casetas cerradas. La llevé entonces al cementerio de Währing, a la tumba de mi abuela, y cuando allí rompió a llorar no la abracé. La dejé llorar y punto. La dejé hasta que tuve la sensación de que lo más oscuro había pasado y ya había nacido el nuevo día.

A Rahel no se le escapó nada de todo aquello, por supuesto. Era astuta como un zorro. Me acechaba, corría tras de mí, seguía mis pasos en todo momento, me lanzaba miradas furiosas cuando salía al jardín a observar cómo crecían los albaricoques. A esas alturas ya estaban grandes como cerezas, pero todavía eran de un verde claro y no se podían comer. Rahel se dio cuenta de que algo andaba mal. Cuando me sentaba en el desvencijado banco de madera, ella se sentaba tan pegada a mí que podía sentir su aliento en el cuello.

—*Shvesterke* —me decía entonces—, tú sabes que te quiero de todo corazón.

No lo sabía. Rahel siempre había sido la más seca de nosotras. Ya de bebé se rebelaba a patadas contra el cuerpo de mi madre cuando esta quería estrecharla en sus brazos. No le hacía ninguna gracia, y solo en contadas ocasiones (yo apenas si podía acordarme de alguna) nos habíamos tocado más que fugazmente.

—Me alegro de que nunca te ocurriera ninguna desgracia.

Nada deseaba yo menos que discutir la definición de «desgracia». Sobre todo con Rahel, que era de lo más implacable defendiendo sus opiniones.

—Toda pérdida es mala —repuse con ligereza, y deslicé mis manos agrietadas por la madera del banco, resquebrajada también.

El calor de la ciudad no tardaría en hacer madurar del todo los albaricoques, y por las noches caerían a la hierba con ese sonido sordo y estrepitoso. ¿Cuántos tarros saldrían ese año?

—Bueno, hay diferencias.

Nos quedamos calladas y yo me puse a contar los segundos. Rahel me ganó, callando con obstinación.

—¿Qué diferencias? —pregunté tras rendirme.

Un mirlo llegó volando al árbol y atacó un albaricoque verde. ¿Qué se habían creído esos pájaros? Robar albaricoques verdes... Le lancé un puñado de piedritas y el mirlo siguió su camino con gran alboroto.

—¿Te he contado cómo fue cuando llegamos a Dachau? Fuimos uno de los últimos convoyes. Ya habían cerrado Treblinka, Auschwitz, Flossenbürg, Bergen-Belsen y Maly Trostinec también, mucho antes. Pensándolo bien, iban retirándose a medida que la situación se volvía más precaria, pero nunca abandonaron. Era como si pensaran: Deprisa, deprisa, que a estos todavía conseguiremos matarlos.

Puse las manos en mi regazo, incómoda, y empecé a retorcerlas. Igual que en invierno, cuando se entumecen por el frío. Rahel, Rahel. Pero ¿por qué? ¿Por qué siempre hay que recordarlo todo y contarlo?

—Bueno, sí que consiguieron matarnos. Y qué mala suerte tuvimos, la verdad. Tan poco antes del final. Muy poco antes de que todo acabara. Mala suerte de verdad.

—Sí, sí que lo fue.

—Pero debían de saber que obraban mal. Me he pasado noches enteras pensándolo. Al verlo ahora, en retrospectiva...

—¿Hmmm?

—... diría que lo comprendían con total claridad. Si no, no habrían intentado encubrirlo y hacer desaparecer las pruebas. ¿Tú qué opinas? Deshacerse de tantísimos muertos no es algo que se haga por gusto.

—Hmmm.

—Pero ¿sabes?, entonces no lo creíamos. Judith y yo no podíamos creer que fuera a llegarnos el turno a nosotras también. Estábamos del todo ciegas. Judith se llevó su vestido de rosas, el que quería lucir cuando un joven pidiera su mano. Incluso me preguntó si llegaría a ponérselo, y yo le contesté: Pero qué dices, tonta, claro que te lo pondrás.

Sabía bien de qué vestido hablaba. Tan bien como si hubiese palpado la delicada tela con mis dedos el día anterior. Judith me lo permitía todo, absolutamente todo, solo tenía prohibido ponerme aquel vestido. Una vez me lo colocó sobre el pecho mientras yo me miraba en el espejo. Rosas de un rosa palo sobre un fondo blanco, tan borrosas como en una ventisca. Habría estado preciosa con él. Preciosa.

—Metí mis libros en la maleta marrón pequeña, y unas vendas de gasa, solo por si me venía el periodo. Y madre cogió los álbumes de fotografías, Dios sabrá por qué. Más nos habría valido quemar todos esos trastos aquí mismo, en la puerta de casa.

—¿Y padre?

—No lo sé.

—¿No lo sabes?

—No vino con nosotras. Hombres y mujeres iban separados.

—Separados.

Sabía que con comentarios así en realidad solo podía ganarme la cruel burla de Rahel, pero no contestó nada. En lugar de eso miró hacia arriba, a la habitación de la alemana.

—Llegas allí y te lo quitan todo. ¿Cuándo lo recuperaré?, preguntas. Con amabilidad, porque estás acostumbrada a ser siempre amable, e incluso puede que intentes guiñarle un ojo al tipo que está al otro lado de la mesa, porque eres guapa y joven, pero él solo se encoge de hombros. A él le da lo mismo. O quizá es que ya ha oído esa pregunta demasiadas veces y no entiende lo que ese gesto de sus hombros significa para ti. Te deja desamparada. Aunque en ese momento no puedes comprender todavía la verdadera dimensión del desamparo.

»Disculpe, por favor, en esa maleta van mis objetos personales y me gustaría saber cuándo los recuperaré.

Al final incluso gritas, y ellos se te llevan de allí mientras tú te debates a diestro y siniestro. Si consigues volverte una vez más, ves cómo vacían todas tus pertenencias en un montón, revuelven en ellas buscando joyas y dinero y cosas por el estilo, y el resto sí, el resto lo barren a un rincón con una escoba, como si fueran desperdicios. Pero es cierto que solo son cosas. Son cosas nada más, todo eso podemos volver a comprarlo de nuevo, y mucho más bonito, le dije a Judith, que se puso a llorar por su vestido. Y yo pensé: Maldita sea, dentro de una semana me vendrá la menstruación y esos idiotas me han quitado las gasas.

Suspiró y se pasó una mano por los ojos.

—Ah, y me olvidaba de la puerta. La puerta estrecha en la verja, con su inscripción. Eso va antes. Para entonces ya sabes lo que te espera cuando cruces esa puerta, en fila india junto con las demás, unas detrás de otras. Ahí ya sabes lo que viene. Yo por lo menos acabé allí por algo. Conmigo tenían motivo. Pero madre y Judith...

—Olvídalo.

—Madre no era más que una cantante. Y Judith, un cervatillo. Un cervatillo tímido y dócil. Miedoso y manso. Temblaba tanto que quise darle la mano, pero uno de ellos nos separó de un empujón. Allí nadie podía sostener a nadie. Todas tuvimos que cruzar solas esa puerta. Y después te lo quitan todo. Tus cosas. Tu nombre. Todo.

—Hace mucho que acabó.

—No es verdad. Fue ayer. O anteayer. Nunca habrá acabado del todo.

—Ya pasó.

—¿Te he contado lo del número?

—Sí.

—Claro, ahora que lo dices. Para ti debe de ser aburrido, desde luego. Siempre las mismas historias. Siempre lo mismo. Con el tiempo va perdiendo fuerza, pero todavía puedo contarte algo que no sabes.

Me miró llena de expectación. ¿He mencionado ya que detestaba las historias de Rahel? Las odiaba de todo corazón.

—Madre.

—¿Qué ocurrió con ella?

—Cantaba.

—Ya lo sé.

—En Dachau volvió a cantar por primera vez. No esas cosas que solía cantar en casa después de que se marchara Botstiber. Allí cantaba *Norma* y *La Traviata* y *La flauta mágica*. Nunca la había oído cantar cosas tan bellas. Jamás. Todo lo malo trae también algo bueno.

Sentí que recostaba su cuerpo contra el mío. Su presencia me hacía respirar con pesadez e intenté tomar aire por la boca con ansia, pero apenas lo conseguía. Sin embargo, tampoco podía levantarme y marcharme. Antes aún podría haberlo logrado, pero ese día ya no.

—Cantaba en los barracones y quienes la escuchaban lloraban. Cantó hasta que se la llevaron. Al búnker. Y ni siquiera allí dejó de hacerlo.

Yo ya no ahuyentaba a los mirlos que se posaban en el árbol. Mientras alborotaban allí arriba, una fruta verde cayó en mi regazo y yo cerré los dedos sobre el albaricoque. Qué más daba si los pájaros malograban la cosecha...

—Dijeron que con sus canciones quería sublevar a las presas. Tal vez fuera cierto. Quién sabe. ¿Alguna vez has estado en un búnker? Ahora se pueden visitar. El pasillo con las celdas. A los americanos les gusta ver esas cosas, pero dudo que comprendan lo que sucedió allí. ¿Tú has estado?

—No.

—No pasa nada. Está bien, no tienes que llorar por eso. De qué serviría que supieras dónde nos obligaron a sentarnos sobre el suelo pelado, o que vieras esas celdas en las que solo se podía estar de pie, tan estrechas que ni siquiera había sitio para agacharse. Eso no le sirve de nada a nadie. Lo pasado, pasado está, como acabas de decir hace un momento. Por eso ya no tienes que estar triste, cualquier lágrima que derrames será una lágrima de más. ¿Algún día irás a verlo?

—No lo sé.

—Ay, *shvesterke*, estate tranquila. No pretendía entristecerte tanto. Da lo mismo si vas a verlo o no. Pero si alguna vez estás allí y te encuentras en aquella enorme explanada cubierta de grava, recuerda que ella siguió cantando incluso al morir. Allí el viento barre el suelo y, los días secos, levanta en remolinos el polvo que encuentra. Cuando llueve, el agua te llega hasta los tobillos. En esa explanada la colocaron, en el centro, y su canto resonaba aún en el aire cuando ella ya estaba tirada en el suelo. Parece imposible, pero te juro que todavía podía oírla, y las demás también... «Oh mio babbino caro, mi piace è bello, bello...».

Sentí su mano en lo alto de mi cabeza... Chsss... Chsss... *Shvesterke*, no llores... Y entonces vi a la muchacha alemana que se acercaba por el jardín y se sentaba a mi lado sin decir palabra. Porque a veces simplemente no hay palabras.

Era poco habitual que la Marinova llamara a alguna alumna después de los ensayos a su pequeño cuartito, donde preparaba las clases, aunque «preparar» seguramente sería mucho decir. La mayoría de las veces se apretaba las sienes con las yemas de los dedos e intentaba olvidar dónde estaba en realidad y dónde podría haber estado si su cuerpo hubiese soportado el duro entrenamiento. Le dolía la espalda y sentía los tendones de Aquiles como dos sogas calientes, abrasadoras, que la retenían atada al suelo.

Ante ella estaba sentada Pola. La muchacha se miraba las manos, posadas con calma en las rodillas.

—¿Por qué has querido estrangular a Mercucio?

A la Marinova le dolía en el alma que su Mercucio tuviese tan poco talento. Que no fuese capaz de nada más que de unos saltitos torpes. Casi se volvía loca por tener que dedicar su tiempo a unas alumnas por cuyas venas no corría ni una chispa de poesía, y se preguntaba por qué pasaba tantas horas valiosas enseñándoles a esas niñas unos pasos que olvidaban en cuanto cerraban la puerta al salir de la escuela. En pocas palabras: también a ella le habría encantado estrangular a Mercucio si no hubiese sido muy consciente de que con eso tampoco arreglaría nada.

Pola se encogió de hombros. Ni siquiera levantó la mirada. Con el pelo corto parecía un Romeo adolescente y furioso. Justo como la Marinova se había imaginado a Romeo, de hecho.

—Al demonio, Pola, ¿por qué lo has estrangulado? Mercucio y tú tenéis que estar juntos. Es tu mejor amigo. Él se pelea con tu peor enemigo por ti, y tú vas y lo estrangulas. Ese no es tu papel.

—¿Y cuál es mi papel?

—Matas a Tebaldo.

—¿Y por qué?

La Marinova cogió aire en una sonora bocanada. Le agotaban esas conversaciones, esos ensayos, esas chicas. Tal vez le valdría más dejarlo todo y regresar a Polonia, con su madre, que a saber cuánto tiempo le quedaba de vida.

—Tebaldo mata a tu mejor amigo, Mercucio. Lo odias.

—Pero es el primo de Julieta. Si lo mato, perderé a mi gran amor, Julieta.

—Escucha, las cosas son así. Las familias están enemistadas. Tú quieres mediar, pero Tebaldo mata a Mercucio...

—Es que Mercucio provoca a Tebaldo.

—Tebaldo provoca a Mercucio. Tú quieres mediar entre ellos, pero ninguno te hace caso. Da igual lo que hagas, solo puedes acabar perdiendo a Julieta.

Pola levantó la cabeza y miró a la Marinova a los ojos.

—¿Qué haría usted, señora Marinova, si estuviera en el lugar de Romeo?

Su voz sonó extrañamente clara. Tan clara como si de verdad quisiera oír una respuesta.

—No se trata de lo que haría yo. No es así como hay que pensarlo. Uno actúa tal como la obra exige. Nada más.

—Aun así, me gustaría saberlo.

Hasta ellas llegaron las carcajadas de las chicas que salían del vestuario. Pasaron corriendo por delante de la puerta de cristal de la oficina y desaparecieron en la calle. Solo Mercucio se detuvo un momento y miró a Pola con rabia. La Marinova volvió a apretarse los dedos contra las sienes, pero el dolor palpitante que sentía en la cabeza ya no se podía contener.

—*Na litość boską!* Olvídate de eso ahora. ¡¿Por qué tenemos esta discusión?!

—Romeo y Julieta no habrían tenido que morir. Con eso quiero decir que...

—No vas a cambiar la historia. Ni tú ni nadie. Y, ahora, ¡basta!

La Marinova apartó con vehemencia un par de cajas vacías de CD y unas revistas. Se puso de pie y rodeó la mesa. El cuerpo de Pola le recordó entonces al suyo cuando todavía era joven. Esa chiquilla se había transformado. Pola había acabado pareciéndose muchísimo a ella, pensó. Ambiciosa y exigente consigo misma.

—Has ensayado mucho —dijo entonces con algo más de suavidad, y le puso una mano en el hombro—. Has venido casi todos los días. Eso está muy bien, pero es muy cansado. Eres una buena alumna. Sí que lo eres. Quizá la mejor que tengo.

—Gracias.

—Será mejor que te vayas a casa. Tranquilízate. Se acabaron los ensayos por hoy, ¿entendido?

—Bien.

—Y cuando vuelvas, bailarás el Romeo. Lo bailas estupendamente.

—Pero...

—Nada de peros. Mercucio es de tu bando. Tebaldo es del bando contrario y solo puedes odiarlo. ¿Es que vas a odiar a tu propio amigo? Es tu mejor amigo, como un hermano para ti.

—No sé.

—Sí sabes. Claro que sí. Tu instinto es el bueno. Y ahora ve. Fuera hay luz y aire fresco. Que te has quedado muy pálida. Venga.

Levantó a Pola y la empujó hacia la puerta de la calle. Los olores del cajón de resina, el suelo de madera y las muchas horas de baile se entremezclaban y hacían que a la Marinova le pesara el corazón.

Desde la puerta de la escuela de baile, Pola vio que fuera la estaba esperando Adèl. Había aparcado en segunda fila y estaba de pie a un lado del coche, mirando por encima del techo en dirección al Jardín Inglés, como si observara algo que había allí. El primer impulso de Pola fue el de dar un paso atrás y volver a cerrar la puerta, pero entonces lo pensó mejor y bajó corriendo los escalones. En el fondo había estado esperando ese momento, lo había esperado con miedo cuando estaba en casa y oía cómo se cerraba la puerta de la entrada, los pasos en la escalera y la voz de Adèl metido ya en su cuarto. Se encogía sobre sí misma como si con eso pudiera evitar un encuentro, pero por mucho que se encogiera no serviría de nada... De pronto, el momento había llegado. En el pecho de Pola, por extraño que parezca, se extendió una sensación de alivio.

—¿Nos vamos al lago? —preguntó Adèl cuando los dos subieron al coche a la vez—. Papá ha vuelto. Es mejor que no vayas a casa ahora. —Y no dijo más durante todo el trayecto.

Pola vio cómo se le tensaba la mandíbula y los nudillos de las manos se le ponían blancos de la fuerza que hacían. Se preguntó cómo podía sentirse un sudor tan frío en verano y lo achacó a que pronto llegaría el otoño. Notaba que el fresco le trepaba por las piernas. Rahel le había dicho que el otoño y el invierno no serían muy duros, porque ahora se conocían. Aun así, a Pola no le habría extrañado que incluso el verano, ese resto miserable que quedaba todavía del verano, acabara resultando duro.

Se detuvieron al llegar al lago y bajaron hasta la orilla. Por detrás de los sauces ya empezaba a anochecer sigilosamente, el día declinaba, la hierba se cubría de rocío y el agua de niebla.

—¿Cuánto tiempo se quedará esta vez?

—Hasta que vuelva a... —Adèl se interrumpió y le lanzó a Pola una rauda mirada de reojo—. Ya nunca será como antes.

Guardaron silencio y vieron un martín pescador que cruzaba a toda velocidad sobre el agua. Su plumaje relucía en tonos azules y turquesa. Pola había oído decir una vez que el pasado no podía atraparte. Que lo pasado, pasado estaba. Allí donde el martín pescador había tocado la superficie del agua se levantaron unas pequeñas ondas. Esa afirmación le parecía ridícula. Si hasta el agua se alteraba después de un delicado contacto y tardaba minutos en volver a yacer lisa e inmóvil... Pensó en Mercucio, en cómo había rodeado con sus dedos el cuello regordete de la chica, pensó en sus ojos desorbitados y en la rabia incontenible que le hizo apretar cada vez más, hasta que la Marinova le pegó dos secos bofetones en toda la cara que le hicieron recobrar el juicio.

—Es un fracasado de mierda. —Adèl se quitó los zapatos y hundió los pies en la arena—. Un cobarde de mierda. Eso es lo que ha sido siempre.

Pola siguió su ejemplo y la arena envolvió sus pies, fresca y húmeda. Cerró los ojos; sentía un dolor palpitante en los dedos, el empeine, el talón de Aquiles, pero fue remitiendo poco a poco y ella se tranquilizó igual que un caballo agitado al que alguien le pone la mano entre los ojos. Por fin sabía que su hermano no le preguntaría nada sobre Rahel, aunque todas esas preguntas sin pronunciar flotaban de una forma extraña entre Adèl y ella.

—¿Sabes qué es lo que más detesto? —Volvió a mirarla un instante, y Pola sacudió la cabeza—. Que todos digan que está enfermo. En realidad solo es débil. Alguien que nunca ha sido capaz de tomar las riendas de su vida. Vaya mierda que nos haya tocado como padre.

—Todavía me acuerdo.

—No tienes que hacerlo.

—Pero me acuerdo.

—Pues olvídalo. Eso ya no es importante.

Aunque no estuviera mirando a Adèl, era como si siempre pudiera ver su rostro: cubierto de sangre y destrozado. Y lo que le decía, claramente, una y otra vez. Que se marchara de allí, que se marchara enseguida. Que fuera a buscar a Götz, que él sabría lo que había que hacer. Y luego la policía, y la ambulancia que se llevó a su padre. Y su madre, que recogía la casa con las cortinas corridas para que los vecinos no pudieran ver nada. Por la noche se acercaron con el coche hasta un contenedor de cristal, uno que quedaba lejos, en la carretera hacia

Feldmoching, para que nadie los reconociera. Pola helada de frío en el coche, medio dormida, y al día siguiente otra vez al colegio y a clase de baile; la vida seguía su curso, a fin de cuentas. Pero todavía sentía náuseas al recordarlo.

—No fue solo una vez —dijo.

Adèl zanjó el tema con un gesto de la mano.

—Olvídalo. De todas formas morirá. Y no tardará mucho.

Pola sabía que lo que harían sería ir otra vez con Götz a la casa cuadrada. Adèl y ella. Hasta que su padre volviera a desaparecer, ya fuera porque ingresaba en la clínica o quizá porque había muerto.

—¿Y de qué morirá?

—Le reventarán las tripas y la palmará en medio de su propia mierda y sus meados. —La voz de Adèl estaba cargada de indiferencia. Lanzó una piedra al lago, lejos, y luego otra más—. No quiero sus genes de mierda.

—Contra eso no puedes hacer nada.

—Pero no tengo que convertirme en un fracasado como él. ¿Lo entiendes, Pola?

Ella asintió con la cabeza y su hermano lanzó una última piedra. Se la tragó la penumbra, como si Adèl la hubiese lanzado hasta la isla, tan lejos que no pudiera verse ni oírse cómo caía al agua.

Yo se lo pregunté. Una noche que cogimos la última calesa para que nos llevara al distrito de Liesing, le pregunté a Pola de qué había muerto su padre, y ella se encogió de hombros y se quedó mirando el cielo anaranjado y oscuro. El chacoloteo de los cascos del caballo resonaba por las callejuelas mientras el cochero estaba hundido en el pescante, como si se hubiera quedado dormido hacía rato. En algún lugar se oyeron unas campanas y la muchacha bostezó.

—¿De qué quiere que muriera? —me dijo—. La palmó. En medio de su propia mierda y sus meados, justo como había dicho Adèl.

P odía entender que Franz estuviera enamorado de Rahel. No solo era guapa, también era exótica. Quizá fuese por los pantalones que llevaba. Tal vez también por la expresión arrogante de su rostro. Puede que por su aura, oscura y misteriosa, y porque era lista. Si hubieran sido otros tiempos, los hombres se habrían dado la vuelta en la calle para mirarla, la habrían perseguido, habría estado solicitadísima. Tal como estaban las cosas, no obstante, Franz era el único que la seguía como una sombra. Y yo lo odiaba por ello. A ella no. Claro que a ella no.

Por alguna razón empezaron a encontrarse siempre detrás del edificio de al lado para fumar. Se colaban como podían por la rendija estrecha que quedaba entre la empalizada y la pared de la casa y se sentaban en el suelo uno frente a otro. Franz llevaba los cigarrillos (su madre trabajaba en la fábrica de armas Simmering y allí conseguía los cigarrillos que luego Franz le afanaba de la mesilla de noche) y Rahel se rebajaba a hablar con él en pago por ellos. Él se quedaba embobado escuchándola, y en esos momentos yo no encontraba una palabra que definiera los sentimientos que sentía por él. ¿Repugnancia? ¿Pena? ¿Desprecio?

Cuanto más tiempo pasaba tumbada boca abajo sobre el tejado, más claro tenía que esos sentimientos eran los mismos que albergaba hacia mi propia persona. Me compadecía de mí sin límite y derramaba ríos de lágrimas silenciosas que se acumulaban en los canalones. Me detestaba por haberle correspondido el beso de aquella noche aun sabiendo que no era a mí a quien quería besar, sino a Rahel, y despreciaba los celos atroces que arreciaban en mi corazón.

Junto a mí tenía a Hitler, mi constante compañero, tomando el sol. Rahel le dio una calada al cigarrillo y se lo pasó de nuevo a Franz.

—O sea —dijo, y expulsó el humo por la nariz— que tu madre no quiere que tengas trato con las chicas Shapiro.

—Me lo tiene prohibido.

—Prohibido. Pero tú no permites que te prohíban nada, ¿no?

Franz se volvió. Evidentemente, jamás habría confesado que su madre no sabía nada de esos encuentros, que se escabullía de casa por la puerta trasera para ver a Rahel y luego explicaba a saber qué a su vuelta.

—No lo permito —dijo al fin.

Rahel sonrió. Era como un zorro oscuro y astuto, eso había que admitirlo.

—Así me gusta.

—Dice que pronto os descubrirán, y que entonces vendrán a buscaros. A todos. Da igual que tu padre sea buen médico, que sea importante para el hospital o no. A Hitler eso le da lo mismo.

—¿Y tú lo crees también?

—No lo sé. —Franz intentó contener una tos.

Me invadió un frío terrible aunque el sol me caía sobre la espalda y sentía que la piel de la nuca me ardía. Yo ya sabía que la vieja Schlegel era una bruja. Llevaba con orgullo la Cruz de Honor de la Madre Alemana sobre su abultado pecho y se volvía hacia otro lado cada vez que nos veía a las chicas en el jardín.

—¿Y tú?

—No, claro que no lo creo.

—¿No tienes miedo?

—No.

Rahel miró a Franz a los ojos fijamente. Yo me conocía sus trucos. Sostenerle la mirada al otro cuando mentía. Tener las manos muy quietas y no sonreír. La sonrisa casi siempre significa inseguridad. Así conseguía cualquier cosa, hacía lo que quería con mi padre y aguantaba la mirada escrutadora de mi madre.

—Mi padre tiene amigos poderosos. Además, la guerra pronto habrá acabado. Eso dice mi padre. Si no cometemos ningún error, no nos ocurrirá nada. —Volvió a aceptar el cigarrillo y chupó con fuerza.

Las volutas de humo subieron hasta donde yo estaba, y me volví para ponerme boca arriba. Aunque no los viera, podía sentirlos; cómo Franz se acercaba a ella, cómo se tocaban sus rodillas y él se debatía consigo mismo para decidir si alargar la mano hacia mi hermana y tomarle la suya.

—Mi madre dice que no debemos pensar en lo que sucede con los judíos. Que eso a nosotros no nos incumbe. A fin de cuentas, no somos judíos.

—¿Quieres a tu madre?

—No.

Rahel rio en voz baja.

—Me gustas —le dijo a Franz—. ¿Qué más dice tu madre?

—Que cuando todos hayan desaparecido volveremos a tener la tranquilidad. Cuando Hitler esté satisfecho. Que por eso todo el mundo debe arrimar el hombro.

—Entonces ¿cree que Hitler se detendrá cuando todos hayamos desaparecido?

—Supongo que sí.

—Entonces también querrá que nosotros desaparezcamos, ¿no? ¿Es eso lo que quiere? —Aunque la voz de Rahel era suave, pude distinguir en ella un matiz cortante. Al ver que Franz no contestaba, suspiró—. Todo el mundo quiere que desaparezcamos, así que no tienes por qué avergonzarte. Tu madre solo es una de tantos.

Oí los susurros del viejo follaje cuando ella se levantó y se sacudió las hojas del vestido, y luego sus pasos, alejándose.

—¿Lo has oído, Hitler? La señora Schlegel es una madre leal a su pueblo. Tal vez habría que concederle incluso otra condecoración. —Miré a los ojos de la tortuga con seriedad—. ¡No me diga, señorita Shapiro! —me respondí a mí misma cambiando la voz.

—Cierra el pico, Shapiro.

—Ni lo sueñes.

—Que te calles y bajes aquí para que pueda darte una paliza.

Volví a colocarme boca abajo y miré a Franz, que había levantado la cabeza hacia el tejado y me observaba con sus ojos azul claro. Toda mi vida he lamentado que no puedas decidir de quién te enamoras.

—Qué lástima que la señora Schlegel tenga unos hijos tan maleducados —le dije a Hitler—. Si no, seguro que se habría ganado la Cruz de la Madre en oro. Qué digo, oro; en diamante.

—¿Hace mucho que estás ahí arriba?

—Todo el rato, desde el principio.

—¿Y has oído todo lo que hemos dicho? —No puedo afirmar que Franz sonara preocupado. Enfadado, más bien. Sorprendido in fraganti porque había intentado abalanzarse sobre Rahel.

—Eso y más.

—Bueno, venga. Baja ya.

—Puedes estar contento de que no te vomite encima.

Estuve un rato mirando cómo Franz saltaba llevado por la ira e intentaba trepar hasta donde estaba yo, pero no hacía más que resbalar en la pared lisa de la casa. Metí a Hitler con toda tranquilidad en el bolsillo de mi delantal y me marché corriendo por el caballete del tejado.

—¡Esta me la pagarás, Shapiro! —gritó Franz tras de mí.

Durante el día me sorprendía encontrándome una y otra vez junto a la ventana, espiando calle abajo. ¿Cuándo volvería la muchacha? ¿Dónde se metía durante tanto tiempo? En cuanto distinguía su delicada figura al final de la calle, salía al jardín, me sentaba en el banco de debajo del albaricoque y esperaba. Debo reconocer que a causa de ello mi relación con Rahel empeoró a ojos vistas. Ya casi nunca se apartaba de mi lado, como si así no solo pudiera controlarme a mí, sino también mis pensamientos, y me sacaba de quicio con su visión negativa de las cosas. Hasta que volvía a ponerme en pie y me encargaba de cualquier tarea que bien podría haberse quedado sin hacer, solo para tener las manos ocupadas y contener mi boca. Rastrillaba las hojas y los albaricoques verdes que no hacían más que caer a la hierba. Limpiaba los arriates, aunque hacía años que no plantaba nada en ellos (desde que agacharme empezó a costarme trabajo), y al final incluso compré algunas plantas en la floristería de la esquina, espuelas de caballero, ásteres de otoño y amapolas, y las trasplanté en la tierra recién preparada. Me quedó muy bonito. Ese azul cielo brillante, el rojo de las amapolas, que destacaba más según se acercaba el anochecer, y el follaje espeso y vigoroso de los ásteres con sus cientos de florecillas cerradas. Rahel tenía pegas que ponerle a todo. Yo casi siempre intentaba pasar por alto sus comentarios, aunque cada vez me resultaba más difícil, y una día dijo que el azul de las espuelas de caballero le recordaba a los ojos de Franz y no pude evitar volverme hacia ella con el rastrillo levantado. Nos quedamos un momento mirándonos llenas de odio. Enseguida bajé los brazos, sobresaltada, y pasé a toda prisa por su lado para meterme en la casa.

La muchacha había regresado, la oía en el piso de arriba, y eso consiguió que el frío espanto abandonara mi cuerpo. Nos encontramos algo más tarde delante de la puerta del jardín.

—Venga conmigo —dijo, y me tomó de la mano.

Cuando me volví de nuevo hacia la casa, ni Rahel ni Judith estaban ya en la ventana, y me sentí extrañamente libre, ligera, como si allí, en la oscuridad que caía sobre Viena, pudiera haber un nuevo comienzo para mí.

Pasamos por delante de Neubaugasse en dirección al barrio de los museos para llegar a Getreidemarkt. La muchacha iba hablando sobre no sé qué pieza que habían ensayado, sobre las demás chicas, sobre el dolor que tenía en tendones y ligamentos. Yo la escuchaba y pensaba en la cantidad de veces que había recorrido ese camino de la mano de mi madre. Es cierto que te acuerdas con más facilidad de lo que sucedió hace muchos años. Recordaba sus dedos delgados, la forma en que señalaba primero aquí y luego allá para explicarme algo, para mostrarme algo.

—Mira, Elisabetta, allí, detrás de esa valla, hay una cabra blanca atada con una cuerda.

—¿Y qué hace ahí?

Me levantó en brazos para que pudiera mirar por encima de la valla. La cabra mordisqueaba la hierba del pequeño jardín de entrada hasta dejarla de apenas milímetros. Al verme, levantó la cabeza y se acercó dando saltitos todo lo que le permitió la cuerda.

—Bueno, y ¿qué hace? —preguntó mi madre.

—Corta el césped.

—Muy bien, cabrita. —Me dio un beso en la mejilla, un beso susurrado que olía a geranios y a hierbabuena.

—¿En qué piensa? —preguntó la muchacha.

Me detuve.

—Aquí, detrás de la valla, antes había una cabra blanca.

—¿Detrás de qué valla?

Las dos nos quedamos mirando el escaparate de una zapatería. Zapatos bonitos, marrones, de piel, con cordones, de tacón. Y vimos también nuestro propio reflejo impreciso. Sacudí la cabeza y la muchacha no siguió preguntando.

Cruzamos Operngasse sin decir palabra. A más tardar aquí era donde mi madre siempre se acuclillaba un momento delante de mí.

—Ya sabes que en la Casa de Conciertos tienes que ser una buena niña —me decía—. No tardaremos mucho y, cuando el ensayo haya terminado, podremos acercarnos un ratito a los puestos de Naschmarkt. ¿Qué es lo que no tienes que hacer en la Casa de Conciertos?

—Correr, gritar, romper cosas, hablar con desconocidos —enumeraba yo de carrerilla.

—Muy bien, Kezele, eres un cielo.

Entonces se erguía de nuevo y recorríamos los últimos metros.

—Hacía mucho que no venía aquí —le dije a la alemana cuando nos encontramos delante de la Casa de Conciertos y levantamos la cabeza para contemplar la clara construcción y el oscuro cielo nocturno. Por encima del edificio, la luna flotaba medio escondida entre velos de nubes y apenas se veía ninguna estrella—. Puede que haga ya unos setenta años desde la última vez que vine.

Era la verdad. Siempre daba un largo rodeo para evitar ese edificio, pero dormida, en sueños, a menudo corría por esas salas de techos altos buscando a mi madre.

—Venga conmigo —dijo otra vez la muchacha. Sus ojos volvían a ser como al principio, casi negros, y tan profundos que tuve que apartar la mirada.

Me hizo rodear con ella la Casa de Conciertos. Tras nosotras apenas sonaba ya el tráfico. No debía de faltar mucho para el día siguiente.

—La semana que viene bailaremos escenas de *Romeo y Julieta*. Aquí, en la Casa de Conciertos. Hoy hemos ensayado.

—¿En qué sala?

—En la grande.

Tragué saliva. La luz de los faros de un coche nos rozó y, por un instante, en medio de esa luz resplandeciente, la muchacha me sonrió y ladeó la cabeza.

—Durante el ensayo he bajado al sótano. Estaban entregando bebidas y ese tipo, el proveedor, me ha invitado a un cigarrillo. Hemos fumado juntos delante de la entrada de proveedores y, cuando ha ido a apagar su cigarrillo al acceso del sótano, le he cogido esto del manojo de llaves que llevaba.

Abrió el puño y me enseñó una llave.

—He pensado que a lo mejor le gustaría a usted entrar conmigo. Sin gente. La gente le da miedo, ¿verdad?

—Sí, es verdad.

—Bien. —Sonrió y volvió a cerrar el puño—. La entrada está ahí detrás.

Siguió tirando de mí. Era absurdo, pero sentí su mano igual que la de mi madre.

—Cuando era pequeña me perdía muchas veces por estos pasillos. Esto me parecía tan gigantesco, tan interminablemente amplio y alto... —Miré hacia arriba, a los altos techos de estuco.

—Cuando yo era pequeña me perdía muchas veces en nuestra casa. Me escondía y me quedaba dormida en mi escondite —explicó la muchacha.

—Sí, así eran las cosas. —Asentí con la cabeza. Los pasillos ya no parecían los de antes. Eran más estrechos. Más pequeños. Las alfombras se tragaban nuestros pasos—. Cuando me despertaba, oía a mi madre llamándome.

—Sí, exacto —confirmó ella—. A veces mi hermano me llamaba.

—O mis hermanas.

—Él no gritaba, susurraba.

—Sal ya, *shvesterke*.

—Ya no está, no tienes que esconderte más. Se ha quedado dormido.

—Entonces sentía frío. Cuando te quedas dormida siempre te entra frío. Por lo menos durante el día.

Abrió con cuidado la puerta de la sala grande.

—Por aquí.

Nos colamos por el resquicio y la puerta volvió a cerrarse tras nosotras sin hacer ningún ruido.

La orquesta resuena en mis oídos. Interpretan a Richard Wagner y mi madre es la primera soprano. No entiendo el texto, pero la voz de mi madre hace vibrar la araña de cristal del techo, y no solo eso, también mi piel, mi pelo, mi corazón, todo vibra, y a Hugo Botstiber, ese hombretón que te estrecha la mano como si quisiera arrancarte el brazo entero del hombro, se le han saltado las lágrimas. Le corren por las mejillas. Entran las cuerdas, el chelo, los trombones, que te dejan sin aliento, aunque tal vez sea por mi madre, que necesita nuestro aliento y nos lo roba para catapultar con él esas notas hacia el cielo. Detrás de mí alguien susurra que Wagner se revolvería en su tumba, y yo pienso que sí, que se revolvería y escucharía con atención, y que le caerían lágrimas por la cara igual que al viejo Botstiber. Y entonces me doy la vuelta. Las dos mujeres dejan de cuchichear y se me quedan mirando como si hubiera roto algo; una niña que mira donde no debe mirar.

Avancé por entre las filas de asientos, el escenario estaba muy callado, como si durmiera. La galería, vacía. También los palcos. El techo dorado estaba tan alto que sentí vértigo, como si estuviera mirando hacia abajo desde una gran altura, y no hacia arriba. Me acordaba de las columnas y de las alfombras rojas, del vestido rojo brillante de mi madre, que era exactamente de ese mismo tono.

—¿Qué tal estoy, Kezele? —me preguntó detrás del escenario.

—Pareces una princesa.

—¿De verdad?

—Te lo juro.

Entonces Botstiber me llevó a mi sitio. No me advirtió que me estuviera callada porque ya me conocía.

La muchacha iba un par de pasos por detrás de mí.

—Por ahí entramos —me explicó en voz baja, señalando hacia la izquierda—. Romeo y yo.

—¿Haces de Julieta?

—Sí, aunque no me sale. —Pasó por delante de mí y subió al escenario con un salto ágil—. No consigo sentir a Julieta. No sé quién es.

Dobló la espalda hacia atrás con gracilidad, como si tuviese que estirarse y relajarse, luego se acuclilló y alargó una mano hacia mí para ayudarme a subir. Cuando estuve arriba me temblaban las piernas.

Primer violín. Allí se sentaba Alfred Schuhmann. Yo le caía bien, aunque siempre hacía como si un niño fuera lo último que quería encontrarse en una casa de conciertos. Para ser violinista tenía unas manos fuertes y llenas de cicatrices, tan rudas como si se hubiera dedicado a trabajos pesados. Yo me encogía debajo de su silla y él colgaba la americana por encima de mí. Allí me quedaba callada mientras mi madre cantaba *Aída*. Violín: Marcia Gonzales, regordeta y tranquila, siempre olía un poco a caramelo y cuando tocaba cerraba con fuerza sus labios carnosos, de manera que solo se le veía una línea fina. Viola: Hermann Feiner. Y chelo: Pavel Andracec. Se marchó una noche, después de la representación, y ya no volvieron a verlo. Le saquearon el apartamento y su chelo ardió en mitad de la calle. Oboe: Luise Marschall, pequeña y delicada, casi siempre se le resbalaban las gafas por la nariz. En las pausas se sentaba conmigo en el suelo y me contaba los cuentos que se sabía. No eran muchos, pero casi siempre conseguía que me durmiera. Una tarde ya no volvió más, y otra joven, que no recuerdo cómo se llamaba, se llevó su oboe a casa. Os lo pido por favor, dijo, es una pena que se pierda el oboe. Y allí estaba también mi madre, esa mujer radiante. Y muchos otros. Cuántas sillas desocupadas...

—¿Por qué no sientes a Julieta? —le pregunté a la alemana.

—Colóquese delante de mí —dijo en lugar de contestar—. Así. De puntillas. Y doble una pierna.

—¿Cuál? —pregunté.

—Da lo mismo. Pero tiene que quedar así.

Me movió la pierna hasta que la dejó bien colocada, con la punta del pie tocando la rodilla contraria. Me tiraban las ingles, pero me quedé quieta e hice lo que me decía.

—Ahora deme las manos y concéntrese en un punto por detrás de mi espalda. La puerta, quizá. O la galería. Y yo le daré vueltas. No aparte la mirada hasta que ya no pueda más. Entonces gire la cabeza deprisa. Así. Muy bien.

La muchacha me hizo girar. Una figura de baile vieja y anquilosada. No pude evitar reírme.

—¿Lo siente?

Dije que sí con la cabeza. Una y otra vez. Una y otra vez. El mundo giraba bajo mis pies. La muchacha rio también. Con la claridad de una campanilla, con desenfreno. Y cuando ya no pude más me senté en la silla de Pavel Andracec a verla bailar. Su cuerpo brillaba. Era maravillosa. Tal como había dicho mi pequeña Rahel.

Cuando Pola volvió a casa, su madre estaba sentada en el salón y hojeaba una revista. En su rostro se reflejaba el agotamiento, pero su postura era erguida, concentrada. El mantel estaba tirado por el suelo, también los candelabros y un jarrón. La mujer no parecía haberse dado cuenta. Mientras Adèl esperaba en la entrada, Pola fue a su habitación y recogió un par de cosas. Miró a su alrededor, pensó qué era importante para ella y se decidió por sus primeras zapatillas de punta, una amapola seca que le había regalado Rahel a principios de verano y una fotografía en la que salían su madre y ella con tres años. Los objetos habían cambiado con el paso del tiempo. Las cosas que sostenía en la mano y metía en una bolsa, en una mochila. Recordaba una muñeca, un osito de peluche, un abejorro seco dentro de un tarro de mermelada, la pulsera que había robado en la droguería y una libreta de amistad, casi vacía pero con el número de teléfono de su profesora. ¿Qué iba a hacer con todas esas cosas? Eran del todo inservibles. Dejó la fotografía en su sitio y, tras pensárselo un poco, también la amapola. Le pareció un buen augurio dejar los recuerdos atrás. En lugar de eso, metió un par de prendas de ropa en su bolsa de deporte. A veces uno intuye que no regresará. A veces lo sabe; y Pola lo sabía.

La conversación que tuvo después con su madre fue igual que siempre. La mujer no dejó la revista y tampoco levantó la mirada de ella. Pola le dijo que se iba a vivir con Adèl a casa de Götz hasta que él se hubiera vuelto a marchar. Su madre no repuso nada. Pola siguió hablando sin más, lo cual no era habitual, pero tenía la sensación de que ciertas cosas debían decirse. Quizá también tenía la esperanza de que su madre acabara impidiéndolo todo. Le preguntó cuánto tiempo se quedaría él allí, qué sucedería, qué tenía pensado hacer ella, y su madre siguió sin contestar hasta que Pola le gritó. Se acercó a veinte centímetros de su cara y le gritó. Por aquel entonces aún podía hacerlo, después perdió esa capacidad y nunca supo por qué. Vio que a su madre le temblaban las manos y le arrebató la revista a pesar de que su voluntad de sacar algo en claro de la mujer ya había decaído. Al final su madre contestó que si gritaba lo despertaría, y lo dijo en voz tan baja como si su padre fuera el demonio Rübezahl, o Barba Azul, durmiendo en el sótano de la casa. Pola pensó que seguramente era justo así, pero que el problema residía en otro lugar, donde nadie sospechaba. Por lo menos no su madre.

En el breve silencio que siguió, su madre empezó a correr las cortinas. Recogió el jarrón y lo colocó de nuevo en la mesa, pero no tocó las flores ni el agua derramada en el suelo. La puerta de la entrada se abrió otra vez y entró Adèl, que le preguntó a su hermana si había terminado ya. Por la expresión de su cara parecía que solo fuesen a ir juntos al cine, o al puesto de comida callejera de la esquina.

—Marchaos, marchaos. —La mujer pisó el charco con sus zapatos de tacón y le acarició un momento la cabeza a Pola—. Aquí no hay nada más que hacer. Solo un par de detalles. Nada más. —Añadió también que se divirtieran y que cogieran el dinero de la mesa de la cocina.

Eran quinientos euros.

Su madre se quedó de pie en el salón como si estuviera perdida, pero no desesperada ni lo bastante triste para retener a sus hijos.

Así que Pola se echó la bolsa al hombro y se fue de casa de sus padres.

Me dijo que no hay nada más solitario que una casa abandonada en la que solo ha quedado una persona, y le di la razón. Tal vez fuera yo quien pronunció la frase, y la alemana quien asintió. Me contó cómo llegaron a casa de Götz, que estaba viendo algo en la televisión, no los esperaba, y cómo ella desapareció en una de las muchas habitaciones y cerró la puerta. Tenía frío y se sentía sola, aunque al recordarlo le parecía un sentimiento ridículo.

—Cierto —opiné—, probablemente sea ridículo.

Igual que resulta ridículo cualquier sentimiento cuando lo estudias de cerca. El único con el que no sucede es el amor. El amor nunca se pone a merced del ridículo.

La muchacha me miró con rabia, había esperado que yo la contradijera y de pronto se sentía herida. Me dejó plantada en mitad de la calle, se metió las manos en los bolsillos del pantalón y echó a correr.

—No quería decir eso —exclamé tras ella, y mi voz resonó de una forma extraña en las travesías vacías que bajaban hasta el Danubio.

Vi que sus pasos se volvían más lentos, hasta que al final se detuvieron.

—¿Qué quería decir, entonces? —preguntó.

Suspiré.

—Perdóname.

—No. —Se volvió y desanduvo unos pasos—. Perdóneme usted.

Bajamos al Danubio y paseamos a lo largo de la orilla. La luna se rizaba en sus olas, como si yaciera oculta en algún lugar de las profundidades, sobre el lecho del río. Durante un buen rato no dijimos nada y pensé que era mejor así. No decir nada más y punto, dejar esa historia libre como un pájaro al que por fin le abres la puerta de la jaula, feliz en secreto, porque en el fondo te avergüenzas un poco de haberlo hecho, de haberte atrevido a dejar marchar el horror sin más (incluso tal vez con cierta audacia). Me planteé decirle eso. Decirle algo como «Olvidémoslo». Allí, en la orilla del Danubio, era un buen lugar para ponerle fin. Incluso el símbolo del río me parecía una señal que no podía pasar por alto. Miré a la muchacha de perfil, esa pequeña nariz recta, la frente arqueada, el cabello que no hacía más que apartarse de la cara. Durante unos cien pasos lentos lo estuve pensando, y después del paso número cien me pareció como si ya lo hubiera dicho, y no solo pensado. Pasé un brazo por debajo del suyo, y la mirada que me dirigió ella al notarlo fue leve como una caricia con las yemas de los dedos.

Más tarde, cuando regresamos de la Casa de Conciertos todavía contentas y con las mejillas sonrojadas (incluso la pálida muchacha alemana tenía las mejillas encendidas, por lo que pude juzgar a la luz de las farolas), cuando la felicidad se acercaba furtivamente a nosotras, que éramos como dos aliadas, dos cómplices que se rebelaban a escondidas, justo entonces apareció Adèl. Estaba sentado en los escalones de casa, esperándonos. No nos esperaba a las dos, claro, esperaba a la muchacha. Yo lo había imaginado muy diferente. Más alto, más rubio y mayor. No era más que un niño todavía. Un niño grande y torpe. Incluso su rostro era blando, como si hubiese dormido toda su vida hasta llegar a ese momento.

Vi que la muchacha se sobresaltaba, apartaba el brazo de mí y ponía un metro de distancia entre ambas. Oí cómo contenía el aliento. Su hermano se levantó con dificultad y me dejó pasar. Y lo cierto es que pasé de largo sin detenerme siquiera, sin volverme ni dar las buenas noches, sin ninguna de esas fórmulas de cortesía tan bobas. Entré y cerré la puerta de mi vivienda. En mi interior se derrumbó la torre de Babel. Algo se quebró dentro de mi cabeza y se precipitó por mi pecho, algo grande, pesado, algo de lo que pensé que jamás volvería a recuperarme, algo que hasta entonces no había sabido que existiera todavía.

La puerta de la entrada se cerró y los oí subir la escalera a la muchacha y a él. Aún no se habían dicho nada. Ni una sola palabra. Me senté a la mesa de la cocina y empecé a abrir las cartas que esos últimos días y semanas había amontonado allí sin mirar qué eran. Todas venían del abogado del vecino. Las rompí en pedacitos furiosos. Rahel salió bostezando del dormitorio, estaba helada de frío y no pareció extrañarse de encontrarme allí. Ni de eso ni de los pasos que se oían por encima de nuestras cabezas.

—Tienes que... —empezó a decirme.

—¡No tengo que nada! —la interrumpí, reuní todos los pedazos con una mano y los lancé al horno. La mayoría cayeron al suelo, justo delante.

—Tienes que deshacerte de ella de una vez por todas. Crees que todo saldrá bien, pero nada saldrá bien. En algún momento el mundo perdió la costumbre de que las cosas salieran bien.

Rahel se acuclilló a mi lado y se puso a recoger pedazos de papel poco a poco.

—¿Sabes cuál es tu problema?

Sí, llevaba toda la vida esperando que Rahel me dijera cuál era mi problema.

—Que tu corazón se prenda de las personas equivocadas. No hay nada peor que eso.

El silencio de allí arriba hizo que mi corazón latiera con más fuerza de lo que me habría gustado.

—Ya de niña eras demasiado blanda. No como Judith. Judith era delicada pero lista. Tú, sin embargo, siempre querías contentar a todo el mundo. Y eso es imposible. Contentas a todo el mundo y al final te odian porque, a pesar de los pesares, nada es lo bastante bueno. Ese es tu problema. Quieres que te quieran las personas equivocadas. Personas que supeditan ese amor a condiciones.

—Es bonito que seas tan sincera.

—¿A que sí? Siempre lo he sido. —Me puso el último pedazo de papel en la mano y sonrió un momento—. Y tú siempre fuiste un alma leal y desdichada. Lamentablemente desdichada. Solo tienes que pensar en Franz. Ese paleto gentil, que solo te utilizó.

Me tapé los oídos, pero la voz de Rahel parecía atravesarlo todo de una forma extraña, parecía proceder del interior de mi cabeza.

—Te usó para sentirse mejor, y tú le exculpaste de sus pecados. Solo con pensar en cómo acudió a ti durante años porque no soportaba estar con su mujer... ¿Quieres decirme por qué no se casó contigo desde un principio, en lugar de con la otra?

—No lo sé.

Encendió una cerilla y la lanzó al horno. Los pedazos de papel llamearon un momento e iluminaron nuestros rostros. Qué anciano debía de verse el mío al lado del suyo...

—Pues yo sí lo sé. Lo supe en cuanto los vi juntos. Él no la quería, pero siempre es mejor casarse con una alemana a la que no quieres que con una judía a la que sí.

—Lo hizo por su madre.

—Eso es lo que tú te crees, pero lo cierto es que solo lo hizo por él mismo. Por nadie más. Y tú eras su pequeña perversión judía. Un pequeño duende judío que no puede exhibirse por ahí, tierno y suave y con un gran corazón. Pero judío al fin y al cabo.

—Ya no te soporto.

Las manos de Rahel se posaron en mis hombros.

—Sí, claro que me soportas. No tienes más remedio. Somos hermanas, para toda la eternidad. Y en algún momento también podrás soportar esa verdad, igual que todas las verdades, todos los golpes, todas las humillaciones, todas las pérdidas. No te queda más remedio.

—¿Qué me propones que haga?

—¿Quieres que yo te dé consejo? —La risa de Rahel fue luminosa como un collar de perlas de agua dulce, todas puestas en fila—. ¿Yo he de aconsejarte?

Esta vez levanté las manos para tocarle la cara. Tenía una piel tan suave, tan pura, un pelo negro tan sedoso, un rostro tan intacto, después de tanto tiempo...

La casa me gritaba. Gritaba desde todos los rincones los nombres de los que ya no estaban allí. El febrero de 1945 fue frío, las ramas del albaricoque estaban cargadas de nieve. Intenté refugiarme en el centro de la casa, donde los nombres ya no eran más que un susurro. Arrastré el colchón de mi madre al despacho de mi padre. Alguien me dijo que no debía encender la chimenea. Por el amor de Dios, no enciendas el horno. Si ven que las ventanas de la casa no están empañadas por el frío, volverán y te prenderán. Yo me escondía bajo las mantas de mis hermanas y escuchaba con atención los ruidos de la casa, la escalera que crujía como si mi padre regresara del hospital por la tarde con pasos pesados, el viento que aullaba y ululaba en el tiro de la chimenea, el agua que goteaba de un grifo del baño que mi madre no había cerrado del todo bien. Por las noches no dormía. Mi horror me mantenía despierta. El horror ante la casa vacía, quejumbrosa y llorosa, vacía y a la vez llena de las voces cada vez más débiles de mi familia. Leía *Alicia en el país de las maravillas*, cuyas páginas estaban todavía dobladas tal como las había dejado Judith, y en ellas esperaba encontrar un mensaje que me dijera lo que debía hacer, cómo debía actuar de ahí en adelante. Alicia se caía por la madriguera, Alicia comía pastel, se hacía pequeña y se hacía enorme, encontraba al conejo, pero yo leía y leía y no encontraba ningún mensaje, solo las huellas de los dedos de Judith. Aquí con un poco de mermelada de frambuesa, porque le encantaba llevarse un trozo de pan untado a la cama por las noches, allá con la crema que se ponía en la cara, o con la tinta china que usaba para dibujar a veces pequeñas filigranas. Cuando soñaba, soñaba con naipes, con mis hermanas decapitadas y con bizcochos de mantequilla.

Hitler dormía. En otoño lo llevé abajo, al sótano, donde se quedó hibernando en una pequeña caja llena de periódicos viejos. Cuando ya no pude soportar más la soledad, decidí despertarlo. Reuní todo mi valor y bajé la escalera del sótano. Al pasar por delante de la puerta principal, vi por la ventana de travesaños a la señora Schlegel en la calle, de pie frente a nuestra casa. Estaba con los brazos en jarras y miraba hacia mí, aunque desde luego no podía verme detrás de la ventana, pero de todas formas me agaché para ocultarme a sus ojos.

Una vez abajo, abrí la caja y miré con cuidado en su interior. Hitler tenía la cabeza escondida dentro del caparazón y no se movía. Llamé dando unos golpecitos sobre la estrella, pero no obtuve ninguna reacción, así que me senté a esperar delante de él con las piernas cruzadas. Por encima de mí colgaba el armario de los medicamentos de mi padre. En la habitación contigua podía ver la cesta de la colada, que Rahel había sido la última en bajar al sótano. Dentro había ropa interior, los delantales claros de mi madre y una de las enaguas de Judith colgando por el borde. Me negué a pensar que jamás volverían a ponerse ninguna de aquellas prendas, preferí imaginar el tiempo que tenía por delante como un tiempo en el que esperaría su regreso igual que esperaba que Hitler volviera a sacar la cabeza del caparazón. Sentí un hormigueo en las piernas, me levanté y me puse de puntillas para alcanzar la llave del armario de los medicamentos de mi padre. Abrí la puerta. Al fondo del todo estaba el tarro con la mermelada de mi madre. Lo saqué y le di vueltas y más vueltas en mis manos.

«A&A», se leía en la caligrafía enérgica y resuelta de mi madre. Albaricoque y arsénico.

Me sobresaltó un ruido. Alguien más se movía a tientas por la penumbra del sótano. Oía sus pasos de habitación en habitación y, antes de ponerme a gritar de miedo, vi de pronto a Franz frente a mí.

—Se las llevaron —fue lo primero que me dijo.

Nos quedamos paralizados, el uno delante del otro. Escondí el tarro de mermelada a mi espalda. ¿Qué podía decirle? En su rostro vi lo mucho que sufría, tal vez más que yo, por lo menos en aquel momento.

—Yo estaba fuera, en la calle, cuando las sacaron. Vi a Rahel, que subía al coche y me miraba.

En mi estómago nació un dolor penetrante que se intensificaba más cuanto más fijaba Franz en mí sus ojos claros y abiertos por el pánico.

—Vi cómo subía la maleta con esfuerzo, mirándome solo a mí todo el rato, y yo quería salir corriendo, pero no podía. Estaba como paralizado. No podía hacer nada. Entonces se llevó una mano al cuello y tiró esto a la nieve.

Me alargó su mano abierta. La cadena de Rahel. Con su nombre y la estrella de David.

—La recogí porque pensé que querrías tenerla. Como recuerdo.

Me apretó la cadena contra el pecho hasta que por fin levanté la mano y la dejé resbalar entre mis dedos.

—Creo que quería que te la diera.

Yo no creía nada. Todo lo que decía Franz, cada palabra, era como un espacio sin aire, un vacío absoluto en el que me negaba a entrar. Hitler, junto a nosotros, empezó a hacer ruido en su caja. Sacó despacio una pata del caparazón, luego otra y finalmente la cabeza. No sabía si se habría tomado a mal que lo despertara tan pronto, pero me alegraba tanto de tenerlo despierto que me habría gustado echarme a llorar.

—Volverán —dije.

—¡Tonterías, nadie vuelve!

—No digas eso. Cuando todo haya pasado volverán a casa. —Me temblaba la voz.

—Shapiro, nadie ha vuelto nunca. ¿O acaso conoces tú a alguien? ¿A uno solo? Samuel Lewinski hace diez meses que se fue. Creo que está muerto. Y tú también lo crees, ¿o no? Están todos muertos, todos a los que se han llevado.

Yo no creía nada. Cerré los ojos para no tener que ver cómo a Franz le caían lágrimas por las mejillas. Él no había llorado nunca. Desde que lo conocía, Franz no había llorado ni una sola vez delante de mí, como tampoco yo delante de él. Ni siquiera cuando le di una paliza en Grasgasse, detrás de la panadería, y le pegué por toda la cara, en el labio inferior, en la barbilla y en el pómulo. Él solo echó la cabeza hacia atrás y se tragó la sangre. No me lo podía creer, pero eso hizo.

Sentí cómo se acercaba y caía de rodillas ante mí. Se abrazó a mis piernas.

—Sé que volverán —insistí.

Franz negó con la cabeza. Apretó la frente contra mis muslos y sus sollozos sonaron extrañamente secos y débiles, como si ya hubiera consumido todas las lágrimas y lo único que lo atenazara fuese la desesperación, que le sacudía los hombros y lo obligaba a aferrarse a mí.

—Yo no quería esto —decía mientras yo le acariciaba su pelo rubio y juvenil con suavidad—. No quería que pasara esto.

Lo que el albaricoque dejó caer sobre mi cabeza casi diez años después, en el verano de 1953, podría describirse como una plaga. No sabía si sentirme afortunada o maldita al verme bajo el árbol, recogiendo la fruta en mi falda. Por las noches me despertaba el ruido de los albaricoques al caer. Los frutos pesaban tanto que las ramas se doblaban hasta el suelo y algunas se rompían porque la madera acababa cediendo bajo tanto peso. Ya había usado todos los tarros, no podía preparar más conserva y por todas partes se percibía el olor de los albaricoques pasados y fermentados. Me ponía furiosa. Una noche, la inquietud me agarró de la mano y me sacó de la cama.

Me coloqué a Hitler bajo el brazo (su caparazón había crecido y ya era más grande que mi mano adulta), salí corriendo al jardín en camisón y pisé con los pies descalzos los frutos que había bajo las ramas, que daban la sensación de ser pequeños animales resbaladizos. La noche no me hablaba, tan solo extendió su oscuridad sobre mi cuerpo y mis pensamientos. Descansaba, estaba tan infinitamente callada que me hizo sudar. Dejé a Hitler debajo del árbol y me puse a recoger albaricoques. Sin mirar si estaban podridos o eran buenos, fui metiéndolos en una vieja caja de madera que saqué del cobertizo. Pensé en mi madre y en que ya era hora de ponerle fin a todo aquello.

Me detuve al oír un ruido en el jardín de los Schlegel. Hacía más de un año que no veía a Franz. Se había marchado a Kärnten, había desaparecido como si quisiera huir de mí. Tal vez no fuera de mí, sino del recuerdo de Viena en invierno, de esos copos de nieve que dolían cuando se te clavaban como agujas en la cara, y de una cadena que recogió del suelo para dármela. Solo puedo suponerlo; él nunca me lo dijo.

Me quedé quieta y dejé caer el albaricoque que acababa de recoger.

—¿Qué haces ahí, Shapiro? —Vi la brasa de un cigarrillo brillar por encima de la valla de madera—. Son las tres de la madrugada.

A juzgar por el sonido, cogió impulso y pasó las piernas por encima de la empalizada. Ya no éramos unos niños, era fácil saltar unas vallas que parecían haber encogido de una forma asombrosa.

—No podía dormir.

Cuando lo tuve delante vi que tampoco él había dormido. Tal vez llevara un par de años sin pegar ojo. Asintió y me ofreció un cigarrillo.

—Veo que recolectas los albaricoques —afirmó—. Mi madre dice...

—No quiero saber nada de tu madre —lo interrumpí. Me agaché y lancé un puñado de albaricoques a la caja—. Estoy ocupada.

—¿Qué haces con ellos?

—Conserva.

—¿Con la fruta pasada?

—A ti qué más te da...

—Solo era un comentario.

Cruzó los brazos en el pecho, se apoyó en el tronco del albaricoque y me miró. Casi parecía que fuera la primera vez que no pensaba en Rahel mientras estaba conmigo.

—Y no, no sé nada de ella —dije aun así. Tenía los dedos pegajosos y callé un momento para chupármelos—. Pero serás el primero a quien se lo diga cuando regrese.

—No te he preguntado por Rahel.

—Bueno, de todas formas ya lo sabes.

—¿Y?

—Pues que ya puedes marcharte.

Me di media vuelta y seguí echando frutos a la caja.

—¿Por qué estás tan enfadada?

Si hubiese querido, habría podido enumerarle las veces que nos habíamos visto últimamente. Me había ninguneado para luego presentarse de pronto ante mi puerta con la intención de sentarse a charlar. Me había besado en la habitación de Rahel, con impetuosidad y, según me pareció, con pasión, y luego no se había dejado ver durante semanas enteras, lo cual yo justificaba ante mí misma con el duelo que estaba pasando por mi hermana. Cuando por fin reapareció, nos quedamos uno frente a otro como dos desconocidos, él me preguntó qué tal me iba y yo le dije que bien.

—Ya no me quedan tarros.

—¿Qué tarros?

—¡Para la conserva! —le grité—. Se va a estropear y a pudrir todo. Brotan y crecen y maduran, y luego tengo que tirar toda la fruta.

No me salió ni una lágrima a los ojos, ya hacía tiempo que las había gastado todas de tanto llorar. Mis pies notaban la hierba seca y caliente, que no en vano se había pasado todo el día bajo el ardiente sol de julio. Pensé en el día que había transcurrido bajo ese sol, un domingo como muchos otros en los que yo no podía apartar la mirada de la calle, en los que la espera se me hacía más difícil que nunca.

—Tendrías que dejarlos sin recoger —opinó Franz—. ¿Por qué no vas a bailar con las otras chicas?

—A bailar.

—Sí, las chicas de la fábrica de medias quedan en el parque de Volksgarten.

Me quedé quieta delante de él, que me miraba con actitud interrogante. Su rostro resultaba extrañamente juvenil y vulnerable. Levanté la mano derecha y le di un bofetón en la mejilla con todas mis fuerzas. Luego en la otra. Tanto él como yo nos quedamos sin respiración. Sentí que se me salía el corazón por la boca, fue como si le hubiera escupido a los pies.

—Aquí tienes tu Volksgarten —le solté—, aquí lo tienes, aunque no te enteres de nada.

Se le había caído el cigarrillo al suelo. Volví a levantar la mano, pero él me agarró del antebrazo a tiempo. También aferró mi otra mano y las inmovilizó ambas a mi espalda aunque yo no dejaba de darle patadas con los pies descalzos. No nos dijimos nada más. No hizo falta decir nada, pues no había nada que él hubiera podido entender ni que yo hubiera podido explicar. Nuestra historia yacía entre nuestros cuerpos tan fresca y caliente como un animal recién sacrificado al que se le escapaba la vida e iba calando gota a gota en la tierra, a nuestros pies. Le di en la rodilla y en la espinilla, le pateé la entrepierna. El duende que había en mí solo quería morder e infligir dolor. En algún momento Franz me derribó doblándome las piernas y se dejó caer con todo su peso encima de mí. Sentí que los albaricoques se aplastaban bajo mi espalda y se me pegaban en la coleta negra y en la nuca.

—Ya vale —dijo Franz—. Ya está bien.

Cuando me soltó las manos con cuidado no pude pegarle, le rodeé el cuello con los brazos y apreté la cara contra su mejilla. Olía tan bien, a viento y a lluvia. Su aroma era lo único que parecía poder saciar mi sed. Estaba contenta de que fuera demasiado simplón para decirme cosas que yo no quería oír, que había que seguir adelante, que la vida cura todas las heridas, que hay que mirar al futuro. No dijo nada de eso.

—¿Has probado alguno? —me preguntó, y me rozó los labios con la piel suave y aterciopelada de un albaricoque. Después, él mismo le dio un mordisco.

Le correspondí la sonrisa.

—Toma.

Me dio a probar la fruta como si entre nosotros no se hubieran producido los últimos minutos ni tampoco los últimos años, todo ese maldito tiempo. Y entonces me besó, y el sabor del albaricoque se mezcló con el sabor de sus labios.

—Está dulce —susurré.

—¿Lo ves?

El amor romántico es el que nunca está completo. Nos amamos bajo el árbol, en silencio y con ternura, y ya mientras lo hacíamos supe que allí acabaría todo. Allí y en otros lugares. Cada vez. Que nuestro amor estaba hecho para noches como esa, y que después de esas noches nunca ha-

bría mañanas compartidas. Hoy puedo lamentarlo igual
que se lamenta una oportunidad perdida, algo que con
el tiempo ya no te entristece, sino que solo te cansa, pero en aquel momento se rompía un pedazo de mi ser cada
vez que sucedía. Esa noche se me quebró la entereza que
me servía para mantenerme erguida. Cayó hecha pedazos
bajo las manos de Franz, se deshizo entre sus besos, y yo
me sentí como si me hubiesen desollado. Que las cosas se
rompan no es lo peor; eso lo sé ahora, después de toda una
vida. No, lo peor no es echar la vista atrás y ver unas cuan-
tas noches en las que te has encontrado rota en el suelo.
Noches en las que te has dejado besar aun teniendo un
dolor anclado en lo más hondo del pecho.

A la mañana siguiente Franz se había marchado. Y
Hitler también. Desperté y el sol me iluminaba la cara.
Sentía un escozor en los labios. Me incorporé como pude y llamé a Hitler. En el lugar que había ocupado a los
pies del tronco quedaba todavía un pequeño hoyo mar-
cado en la hierba. Me puse a recorrer el jardín y rebusqué
en todos los huecos, debajo de todas las hojas secas, in-
terpreté rastros que no lo eran en absoluto. Además, ¿no
era ridículo buscar rastros de una tortuga cuyas patitas eran tan pequeñas que cabían en lo que ocupaba mi
pulgar? Nunca pude perdonarme haber perdido allí a
Hitler, debajo del albaricoque. El dilema de los que han
quedado, la culpabilidad de los que han sobrevivido. Jamás pueden perdonarse ese instante, ese segundo que
los salvó.

Los primeros días que Pola pasó con Adèl en casa de Götz se dio cuenta de dos cosas. La primera, que incluso las personas que ella nunca había creído sometidas a los designios del destino, también estaban sometidas a él. Fue como cuando uno se sorprende ante una madre que de repente se echa a llorar, o ante un profesor cuya vida de pronto parece humana.

La segunda, que cualquiera puede prohibirse pensamientos y sentimientos concentrándose en otras cosas.

Pasaba la mayor parte del tiempo en el jardín de Götz, corría hasta la valla por la hierba bien cortada o se sentaba en el estanque rectangular a observar los reflejos del agua. Mientras lo hacía, evitaba mirar su propio rostro, más bien intentaba no ver nada en concreto, sino captar la imagen general. Desde los abedules caían hojas dentadas amarillas que planeaban hasta el agua turbia, y Pola pensó que el otoño no tardaría en llegar. Todo lo que quería pensar sobre su madre dejó que se hundiera en el fondo del estanque y decidió que no lo rescataría nunca de allí. Tocó la superficie del agua con cuidado y se sobresaltó al ver las ondas que avanzaban hasta el borde. Tal vez se sobresaltó también por Götz, que apareció tras ella de repente y se sentó a su lado. Tenía un aspecto gris, mortecino, como si estuviera enfermo. Pola sabía lo que quería decirle. Estaba contento de que su hermano y ella estuvieran con él. Pola lo sabía porque lo oía recorrer la casa por las noches. Bajaba a la cocina y volvía a subir. A veces se detenía ante la puerta de la habitación de ella, pensativo, ponía la mano en el picaporte y luego se marchaba otra vez, pero no a dormir. Pola lo veía quedarse junto a una ventana, abajo, mirando hacia el jardín, y una vez se quedó dormido apoyado en la barandilla de la galería y ella lo despertó por la mañana, o quizá fuera el sol, que entraba a raudales por el enorme ventanal.

Detrás del seto había unas urracas peleándose y Götz levantó una piedra para lanzársela. Le dio de lleno a los arbustos, y las aves echaron a volar y se persiguieron hasta la copa del gran abedul que extendía sus ramas por encima del estanque. Allí se posaron y bajaron la mirada ladeando la cabeza hacia los humanos. Bajo sus ojos inquietos y de mirada aguda, Götz colocó la cabeza en el regazo de Pola y se echó a llorar, y si hubiera podido hablar de lo que le sucedía habría dicho que la soledad lo devoraba, la soledad y el miedo e incluso algo más. Pero no dijo nada. Su espalda se estremecía, los minutos empezaron a pasar y a Pola el frío se le metió en los huesos. Sus pies, que seguían colgando por dentro del estanque, estaban ya pálidos y azulados, los brazos se le habían entumecido porque no quería poner las manos en la cabeza de Götz, eso sí que no, solo quería quedarse quieta hasta que él dejara de llorar y el verano hubiera acabado. Muchas otras cosas habían acabado, de hecho. La época en la que había sido una niña pequeña, la época en la que había querido a Götz y en la que había creído que alguien podía protegerla, para siempre y sin ninguna clase de condiciones.

—Götz —dijo—. En el lago... no hay peces.

—¿Qué te hace pensar eso?

—Lo sé. Los peces no existen. Me mentiste. Pero aquí..., aquí bajo mis pies sí los siento. En el estanque.

—Aquí se ve bien el fondo. El agua es clara.

—¿Y qué? Abren sus fauces. Allí fuera, en el lago, no hay nada. Ni cañas ni peces. Solo el agua tibia y las libélulas.

Y la reina de las libélulas, que la esperaba en la isla.

Apoyó los brazos a su espalda, sobre las piedras. En su imaginación bailaba el Romeo. Si cerraba los ojos, sentía cada salto y cada giro. Bailaba para Rahel, Esther y Dov, y mientras ellos daban palmas a ella le nacía una sonrisa en la cara.

Más tarde, en mitad de la noche, cuando la niebla tenaz había cubierto ya el césped y el estanque, partieron hacia Dachau en una furgoneta. Pola iba sentada al lado de Adèl, en el vehículo olía a diésel y al sudor de los jóvenes. Era un olor completamente diferente del que impregnaba la sala de ballet después de una sesión agotadora. Pola empezó a marearse. También podía deberse a los bandazos de la furgoneta o a la agitación que le oprimía el pecho. Götz la había despertado pasada la medianoche; no hubo ninguna pregunta ni ninguna respuesta. Como siempre, solo él sabía lo que iban a hacer, se sentó al volante y calló con obstinación. Eran cinco o seis. Pola no recordaba los nombres de todos, y ellos solo se dirigían a ella como «Pequeña». Dijeron que era bueno llevar a la pequeña, aunque se quedara esperando en el vehículo. Que era un talismán. Intentaron bromear con ella, pero Pola no estaba de humor para bromas. Cuando adelantaba la mirada hacia la noche, Rahel le soplaba mariposas en la garganta.

Una tarde de la que todavía no hacía mucho tiempo, se habían tumbado en la hierba del Jardín Inglés, cerca de la Torre China.

—La tierra ya empieza a enfriarse poco a poco, ¿lo notas? —dijo Rahel—. La tierra almacena la noche, en verano lo hace con el día.

A pesar de todo, el sol brillaba y les calentaba el rostro, la espalda, las piernas, y Pola le hizo cosquillas a Rahel con una brizna de hierba, primero en la frente, luego en la nariz, los labios y el cuello.

—¿Estás nerviosa? —preguntó Rahel refiriéndose al ballet, al estreno, que se iba acercando.

Y Pola contestó que sí, claro, y mientras tanto pensó en la noche, que por fin había llegado y que al día siguiente se habría metido ya dentro de la tierra y también de sus extremidades, fría y húmeda.

Detuvieron la furgoneta en la urbanización y esperaron. Apagaron las luces. Ahora ya nadie decía nada. Un hombre con un perro pequeño pasó por delante, pero no miró hacia ellos, solo siguió su camino mientras el perro trotaba tras él como si fuera sonámbulo. El motor crepitó. Alguien se movió y le dio un golpe en la espalda. Pola seguía pensando en Rahel, en el beso que le había posado en el lóbulo de la oreja y en el roce de sus rodillas cuando se habían vuelto la una hacia la otra.

Adèl y otro bajaron del vehículo y desaparecieron entre las casas. Ella se preguntó cómo podía nadie vivir allí, hacer barbacoas en el jardín, ver la tele por la noche, llevar a los niños a la cama y por la mañana enviarlos al colegio, casas normales, personas normales. Un perro ladró en algún lugar; fue un sonido extrañamente hueco y quejumbroso. Entonces regresaron y Götz arrancó el motor. No condujo hacia el aparcamiento, una explanada que se abría entre árboles altos. En lugar de eso dejó que la furgoneta rodara por el camino asfaltado y pasara por delante del centro de visitantes, un edificio alargado y plano con placas conmemorativas, hasta el pequeño puente. Tras él estaba la puerta de entrada.

Rahel le había dicho que su *bubbe* nunca estuvo allí, y que tampoco hablaba nunca de aquello. Hablaba mucho, dijo, pero nunca sobre Dachau. Una vez le había preguntado por ello, hacía muchos años, pero la mujer evitó responder y le aseguró que no sabía nada. Que sus hermanas sí sabían lo que había ocurrido allí, su madre y su padre, pero ella no. Rahel creía que no quería hablar de ello. Claro, quién iba a querer.

Adèl le susurró que se quedara sentada en la furgoneta, pero ella bajó con los demás y avanzó tropezando tras ellos. El cielo estaba cargado de nubarrones y la temperatura había descendido tanto que Pola podía ver su propio aliento.

Uno preguntó cuánto tiempo tenían, pero nadie respondió. Treparon por el pequeño muro de piedra hasta el antepecho del puente y desde allí saltaron la valla. Eran tres, Adèl y dos de los nuevos. De tan fácil, resultó ridículo. Pola se encaramó a la valla, pasó una pierna por encima y luego la otra.

—¿Qué estás haciendo? —le siseó Adèl, pero Pola ya estaba al otro lado y saltó a la pequeña franja de césped.

Tras ella se oía el murmullo de la corriente del Würm. Uno de los jóvenes empezó a levantar la puerta para sacarla de sus bisagras; era pequeña, tan pequeña que un hombre alto probablemente tendría que agachar la cabeza si quería pasar por ella, o eso le pareció a Pola. Aunque tal vez la gente de entonces fuera de menor estatura. En cambio, era muy pesada. Otro se acercó a ayudar al primero y juntos lograron sacarla. La inclinaron, el tercero también les echó una mano sin decir nada.

Al otro lado de la puerta, el viento soplaba sobre la explanada de Appellplatz. Pola dio un paso en ella, luego otro más. Oía cómo elevaban la puerta por encima de la valla, cómo la pasaban deprisa de una mano a la siguiente. Bajo sus pies crujía la grava, y a un lado, a unos doscientos metros de distancia o quizá más, aparecieron los barracones en la oscuridad.

Rahel le había dicho que tampoco ella querría saber nada de lo ocurrido, de cómo era estar allí. No quería sentir eso. Pero Pola lo sintió. Todo su cuerpo podía sentirlo; sus pies, sus piernas, el pecho. Siguió andando hasta encontrarse en el centro de la explanada, hasta que de pronto Adèl apareció junto a ella y le dijo que tenían que irse ya, que los demás no esperarían.

—¿Qué hacemos? ¿Qué hacemos aquí, Adèl?

Oyeron que Götz ponía en marcha la furgoneta, y su hermano quiso tirarle del brazo.

—Qué más da —contestó—. Venga, vámonos, que si no se marcharán sin nosotros.

Las voces zumbaban en la cabeza de Pola. La voz de Rahel y la de Esther, también la de Dov. Incluso podía oír a la *bubbe,* con su voz quebradiza y leve, y el canto de la bisabuela de Rahel. La mujer cantaba de tal forma que se te helaba la sangre en las venas y se te partía el corazón, le había contado Rahel. Y a Pola se le partió el corazón.

A la derecha, junto a ella, estaba el edificio de la administración y detrás el búnker, ese lugar que todos temían, del que casi nadie regresaba, en cuyos pasillos acechaba el horror como si emanase de allí mismo, como si no lo hubieran creado las personas. Al otro lado, muy al fondo, el crematorio. Adèl se volvió y miró a su alrededor.

—Larguémonos de aquí, venga.

Pero Pola lo retuvo.

—¿Lo oyes tú también?

—¿El qué?

Su hermana le vio el miedo en la cara.

—Las voces.

—Estás loca.

—También las oyes, me doy cuenta.

—Has perdido la cabeza.

Ella asintió.

—Sí, he perdido la cabeza.

Allá en la entrada, Götz estaba dando la vuelta con la furgoneta.

—Esa es la sensación que da, pero en realidad...

El ruido del motor se alejó y entonces Pola no oyó más que los latidos de su corazón. Echaron a correr enseguida, pasaron entre las hileras en las que se habían levantado los barracones y donde ya solo quedaba el suelo liso y aplanado; los habían eliminado para que no resultara tan duro, tan espantoso. Vieron llegar a los guardias de seguridad y siguieron corriendo. Delante de las linternas, de los pasos de sus botas, la noche los volvía ingrávidos, y Pola creyó ver a gente, un sinfín de personas entre las hileras, pero no quiso decírselo a Adèl, aunque de todas formas seguro que él también las veía. Tomó a Pola de la mano en plena carrera, no porque quisiera protegerla; la necesitaba, a ella y la calidez de su mano, la presión de sus dedos. Cuando se detuvieron, al final del todo, se escondieron agazapados en un rincón hasta que todo quedó en calma. Pola apoyó la cabeza contra el pecho de Adèl y él le dijo que allí no había nada.

Ahí no hay nada, hermanita.

La naturaleza castiga la imprudencia del zorro con la muerte.

No sé cómo habría terminado todo si Rahel se hubiera estado quieta unos meses más. Tal vez el plan de mi padre habría dado resultado. Sin embargo, eso son solo especulaciones, en el fondo nada más que las reflexiones de una cobarde. Con esa actitud nunca se llevaría a cabo ninguna revolución. Con esa actitud, todos seguiríamos sometidos a la desgracia con la cabeza gacha.

Rahel conoció a Karel Lier en el otoño de 1944. Debía de ser todo lo que Rahel había soñado. Imprevisible y colérico, un artista que creaba enormes cuadros abstractos, que lanzaba pintura a las paredes, destruía, reconstruía y volvía a tirar abajo. Al mismo tiempo, no obstante, era dulce cuando Rahel estaba con él, callado e inseguro, pues quería hacerlo todo bien para no espantarla. Igual que un león al que han domado pero cuya fuerza impregna por completo cada uno de sus movimientos. A ella le parecía que tenía ojos de león, castaños y dorados, y una nariz de león, ancha y curva. Sus manos eran garras, pero tenía las palmas suaves y aterciopeladas. Rahel suspiraba por esas garras y el rugido de su voz.

No era judío, pero sí medio romaní, un húngaro que se había refugiado en Viena para desaparecer y esperar allí el final de la guerra. Soy capaz de sentir muy bien en mi propio cuerpo cómo saltaba de alegría el corazón de Rahel cuando quedaba con él. La invitó a su destartalado apartamento, que estaba cerca de la Ópera y no era más que un cuartucho en un desván que tenía una parte separada por una cortina. Allí pintaba. En la otra parte dormía, comía y recibía visitas. También a Rahel. Ella se sentaba en el viejo sofá raído mientras él preparaba una tisana con hojas de la salvia que tenía plantada en unas macetas en el tejado. Realizaba toda una ceremonia al servir la infusión, se tomaba su tiempo y, mientras tanto, Rahel podía contemplar su cuerpo bajo la camisa blanca desabotonada hasta el ombligo. Jamás había visto a un hombre tan apuesto y, cuando él le preguntó si le permitiría pintarla, ella accedió sin pensárselo. Así acabó pasando noches enteras en esa habitación. Él la retrataba, de vez en cuando metía un leño en la pequeña estufa negra y la acariciaba con su mirada. Era el único cuadro figurativo que pintaría jamás. Un retrato de Rahel, de sus ojos serios, la frente alta, el pelo rizado. Hablaban poco, pero ella tenía la sensación de que su comunicación tenía lugar en un nivel completamente diferente, por debajo de la superficie, como una vibración pura entre sus dos almas. Le encantaba que la mirara como si fuese lo único que le interesaba en este mundo cuando se sumergía en su rostro, en el pequeño hoyo entre el cuello y la clavícula, el nacimiento de sus pechos. La humilde habitación parecía respirar, parecía ser una criatura que los albergaba en su vientre, los unía, los pegaba uno a otro con una pintura oscura y todavía húmeda, olor a aguarrás y a vino barato. Karel no la tocaba, y eso hacía que la terquedad de Rahel, su áspera y dura coraza, se desmoronase. Se preguntaba qué le impedía seducirla, pues ella habría estado dispuesta a cualquier cosa, pero entonces comprendió que Karel la tocaba con sus pinceladas, la acariciaba sin tener que acercarse a ella. Y Rahel decidió dejarse arropar por aquello que el arte creaba entre ambos.

Una tarde se presentó allí un hombre. Le entregó a Karel un sobre marrón y después este tuvo que marcharse. Se puso la cazadora y los zapatos sin decir palabra, le dio a Rahel un beso en el cuello que fue más un susurro que un roce, y se marchó emplazándola con ese leve beso hasta la tarde siguiente. Unos días después fue una mujer quien llamó a la puerta. De nuevo le entregó un sobre a Karel, pero esta vez él no salió, sino que lo guardó debajo de una pila de libros y siguió pintando.

Rahel no quería preguntar aún. Tenía miedo de que su curiosidad pudiera alejarlo, quería ser perfecta para él, serena, saber sin saber. Como no preguntaba nada, él la miró con ternura, se arrodilló ante ella, tomó su rostro entre las manos y la besó por primera vez, y aunque la diferencia entre Karel y Franz y entre Rahel y yo no podía ser mayor, ella sintió ese beso muy parecido al mío, lo cual se debía con toda probabilidad a la profunda desesperación que nos invadía tanto a Rahel como a mí en el momento en que nos besaron por primera vez. Mi hermana intuía que esas cartas, las personas que se presentaban a su puerta a altas horas de la noche, las pocas palabras susurradas, las marcadas arrugas que se hundían en las mejillas de Karel no significaban nada bueno. Lo intuía, pero decidió desoír sus instintos.

La naturaleza es cruel. Castiga a quien desatiende el instinto y desoye el peligro. O como decía mi madre: El que juega con fuego se quema.

Yo sabía que Rahel les ocultaba esos encuentros a mis padres. Se escabullía de casa por las noches, cuando todos estaban dormidos y solo yo, por un resquicio de la cortina, la veía cerrar con cuidado la puerta tras de sí y alejarse a toda prisa con el cuello del abrigo levantado. Esa conducta era tan contraria a su forma de ser habitual que ya entonces me quedé asombrada de lo que es capaz de conseguir el amor, que no permite que lo encierren ni que lo prohíban ni que le den caza, que le allana el camino a la insensatez e impide que el miedo haga acto de presencia allí donde uno encuentra satisfacción, o hace que por lo menos solo moleste con unos rasguños tenues y lejanos. Solo puedo esperar que ese amor compensara a Rahel por todo lo que sucedió y que permaneciera en su corazón, fuerte y cálido, hasta el final.

Un domingo por la mañana bajé a la cocina y hacía tanto frío que en las ventanas se habían formado cristales de hielo. A la mesa estaba sentada Rahel, llevaba puesto el abrigo, las botas y los guantes. Su sombrero estaba en la mesa, frente a ella. La vi tan pálida que su cara parecía brillar en la luz mortecina del amanecer. Le pregunté qué le ocurría, preparé té, revolví en la cocina para despertar un poco de vida y ajetreo.

La guerra era extraña. Parecía ir extinguiendo lentamente todo lo que existía, toda alegría, toda chispa de calidez, todo. Cuando todavía era de noche había oído llegar a mi padre del hospital, y poco después a Rahel. Sus dedos debían de ser como de hielo dentro de los guantes, igual que sus pies en las botas de cuero.

Me arrodillé delante del horno y lo alimenté con cuidado, primero astillas, luego ramitas, después la leña y, mientras lo hacía, Rahel me miraba todo el rato pero no podía verme, pues en sus ojos se reflejaban las cosas que habían ocurrido y las que estaban por ocurrir. Yo era solo una niña y mi hermana una muchacha y, aun así, me incliné sobre ella, le puse la cabeza en mi pecho y le dije que todo iría bien.

No sé si me creyó.

¿Es posible que los momentos felices en una época difícil sean más felices aún? Eso, en todo caso, era lo que le sucedía a Rahel cuando estaba con Karel y olvidaba durante un rato lo que ocurría a su alrededor, cuando yacía en la cama de él, blanda y desgastada, pues en algún momento acabó haciéndolo. Una noche tomó la mano de Karel, le quitó el pincel y se lo llevó al otro lado de la cortina. Le puso los dedos sobre los labios, lo cual quería decir que no dijera nada, aunque él tampoco pensaba hacerlo, pero nunca se sabía. Allí, tras la cortina, se quitó el vestido, cosa que le llevó su tiempo a causa de los numerosos botones, los zapatos y las medias, hasta que quedó desnuda ante él, que apretó la cabeza contra su vientre, menos por deseo que por lo mucho que le conmovió ese regalo.

Ella no había esperado ser feliz algún día, pero lo era. Estaba tan henchida de felicidad que con ella podía calentar todo el apartamento. Por eso a menudo él se olvidaba de echar más leña y, al alba, las ventanas estaban cubiertas de flores de escarcha y no se podía ver el exterior ni contemplar los otros tejados, las palomas que se posaban en los alféizares, la catedral de San Esteban, el parque de Prater, ni siquiera el cielo sobre Viena.

Karel le preguntaba tonterías: qué le gustaría hacer con su vida después de la guerra; si se quedaría a su lado aunque le sacaba por lo menos quince años, cosa que solo él veía como un problema; qué nombres les pondría a sus hijos y si alguna vez le gustaría ir a Tel Aviv.

Rahel lo pensó con seriedad y en su siguiente encuentro contestó sus preguntas. Le dijo que después de la guerra quería ir a la escuela superior de Bellas Artes, que se casaría con él y que sus hijos se llamarían Karel y Elisabetta (más de dos no quería tener, estaba demasiado emancipada para eso) y que a Tel Aviv irían en su luna de miel. Con eso lo dejó satisfecho. Karel daba ya muy pocas pinceladas, pintaba alguna que otra sombra durante apenas unos minutos antes de parar y llevarla a la cama. El tiempo les parecía demasiado valioso. Discutieron sobre si existiría una cantidad fija de ocasiones para verse, una cantidad establecida de antemano para ellos dos. Si, por lo tanto, cada vez estaban un poco más cerca del final, o si habría un número infinito de encuentros, una serie que no podía consumirse, que no disminuía, sino que siempre iba sumando nuevas citas. Rahel tenía miedo, Karel era optimista, pero ella no le confesó que creía en la primera opción y que con cada encuentro sentía que se les agotaba el tiempo, que cada vez que iba a verlo era un pétalo que arrancaba y soplaba de la palma de su mano. Ella no quería decírselo y él le tomaba el pelo, reñía con ella y luego, cuando se tumbaba contra la espalda de mi hermana y respiraba en su nuca con delicadeza, las lágrimas de Rahel corrían por el interior de su pecho, le caían por las costillas hacia el estómago y el hígado, en secreto, calladas y aun así ardientes como la lava. Karel nunca se dio cuenta, y ella se preguntaba si también él le ocultaba su interior o si de verdad era como un libro abierto del que ella estudiaba una página tras otra con devoción.

Le gustaba en especial el pasaje que narraba la historia de sus padres. Habían sido dos personas impetuosas y apasionadas, y se amaban tanto que ella, una húngara de buena casa, huyó con él, un gitano. Se amaban tanto que se hicieron un corte en la piel y mezclaron su sangre en dos fenoles que luego llevaron colgados del cuello. Tan apasionado fue su amor que ardió como un incendio forestal en Australia, un fuego que lo devastó y lo aniquiló todo en poquísimo tiempo. Lo único que quedó al final fueron Karel y su madre; su padre siguió camino y con él se llevó la pasión y el amor.

Al final, pensó Rahel, esas historias son mejores que las que terminan bien. Y eso la tranquilizó tanto que volvió al apartamento de él, volvió a subir esa escalera de madera que crujía, volvió a mirar si la seguía alguien antes de doblar cada esquina y siguió jugando con su suerte como si fuera un gatito de tres colores recién nacido.

Una noche Karel le dio un sobre y una dirección donde entregarlo. No tuvo que pedírselo, cosa que jamás habría hecho, sino que se limitó a abrazarla y besarla.

Un beso que a Rahel esa noche le supo amargo. Su ruta la llevó por el palacio imperial de Hofburg y el Volks-theater, intentó caminar a una velocidad constante, sin prisa pero tampoco despacio, y mientras tanto el papel marrón se le pegaba al pecho. En un callejón estrecho, poco antes de la casa donde debía entregar la carta, se escondió en un portal y abrió el sobre. El frío se le colaba desde abajo por dentro del vestido, un vestido veraniego que se había puesto para Karel. No abrigaba pero era bonito, negro con florecitas blancas de cerezo. Los copos de nieve se le acumulaban en las pestañas. En el sobre había pasaportes. Rahel sintió escalofríos por todo el cuerpo, empezaron a temblarle las piernas.

Después de un par de días en los que el sol brilló con fuerza sobre Viena, los primeros albaricoques maduros cayeron del árbol. Cada vez que sucedía, ese hecho me llenaba de felicidad. Ya hacía tanto calor por las mañanas que pude salir al jardín a recoger los primeros frutos descalza y solo con el camisón. Dos puñados hermosos, que sin embargo no eran más que la avanzadilla de los cientos que lloverían sobre la tierra durante los días siguientes. Los recogí y me senté en el banco. La luz de la mañana relucía en las gotas de rocío.

—Sí, en momentos como este parece que hubieras vivido una vida feliz —dijo Rahel, a mi lado—. Pero solo lo parece.

—A veces sí que lo fue.

—¿Y cuándo fue eso?

Abrí un albaricoque y contemplé el hueso imbricado y marrón, una obra de la naturaleza tan perfecta, tan maravillosa... Luego me metí una mitad en la boca y mastiqué.

—Ahora, por ejemplo.

—Ahora.

—Sí. Los albaricoques nunca habían sido tan aromáticos. Dulces e intensos. Esta vez no pondré lavanda para la conserva. La mermelada saldrá estupenda de todas formas.

—Estupenda.

—Yo creo que siempre se ha exagerado un poco la importancia de la lavanda en la mermelada.

—¿Y qué más?

—Que me da igual que los tarros no sean *kosher*. Tengo tarros del contenedor que antes eran de paté de ganso. Te digo que este año me va a dar lo mismo.

Fui comiendo un albaricoque tras otro, despacio. No es fácil mantener la calma con la familia. Hay ocasiones en que te llevan al límite de tu aguante y en algún momento tienes que distanciarte de ellos, porque si no te devoran.

—El joven ya lleva una semana aquí. No sale, se pasa todo el rato arriba, en esa habitación.

—Eso a nosotras no nos incumbe.

—He subido a escuchar. —Abrió mucho los ojos, unos ojos de muchacha de diecisiete años que nunca envejecerían ni un día—. Judith también ha subido a escuchar, pero ya la conoces... No tiene opinión propia, ni pasiones, ni odio, ni avidez. Es demasiado buena para formarse una opinión.

Cerré los ojos y eché la cabeza hacia atrás. ¿No era maravilloso? Una mañana clara y luminosa, como recién lavada. El aire que entraba a raudales en mis pulmones estaba preñado de verano y de expectación, mis pensamientos eran despiertos y veloces como el viento. Ni siquiera los mirlos de lo alto del albaricoque me molestaban. Les dejé disfrutar de su parte, ya que a cambio me ofrecían su precioso canto. ¿Acaso no me alegraba todas las mañanas que me despertaran cantando?

—Se pelean continuamente.

Los huesos de fruta en mi mano hueca me recordaron a las piedras con las que Judith y yo solíamos jugar delante de la casa. Aunque ella tenía cuatro años más que yo, a veces era lo bastante buena para pasar un rato conmigo.

—En realidad solo dejan de pelear cuando la muchacha no está en casa.

—La semana que viene tiene el estreno.

—El estreno, el estreno. A ti qué te importa eso...

—Bailará una Julieta maravillosa.

—Julieta. Estás loca. ¿Sabes lo que acabas de decir?

—La encontró, a Julieta, la noche que estuvimos en la Casa de Conciertos.

—Y tú la ayudaste. Ya puedes estar orgullosa.

—Pues sí que lo estoy.

Me estiré y me doblé hacia atrás todo lo que me permitió mi vieja espalda. Los mirlos aleteaban por encima de nosotras. La hora de su canto había pasado ya, era como si hubiesen terminado su representación y estuviesen esperando los aplausos. Contemplé un momento los huesos que tenía en la mano, una mano de dedos nudosos, rígidos y arrugados, luego la alargué hacia Rahel y los dejé sobre la suave palma de la suya, pero los huesos cayeron al suelo entre las dos y quedaron tirados a mis pies.

Incluso sin los comentarios de Rahel sobre la muchacha y su hermano, yo estaba siempre atenta, intentaba escuchar sus palabras, ya no podía dormir sin soñar con ellos. Con el hermanito y la hermanita que habían bebido del manantial encantado, se habían perdido en el bosque y se habían reencontrado en mi casa. Durante varios días la muchacha pasó de largo por delante de mi puerta para ir a la Casa de Conciertos mientras que él se quedaba encerrado en el piso de arriba. Yo no sabía qué hacía todo el tiempo que su hermana no estaba. No era de mi incumbencia, desde luego que no, pero aun así me tenía descorazonada. Para distraerme, fui al contenedor de reciclaje de vidrio a buscar algunos tarros más. Todos los años temía que no me bastaran. Elegí los más bonitos, los de la tapa roja y blanca, e hice como si los albaricoques me interesaran más que aquello que ocurría en mi propia casa. Judith me acompañó. Le gustaba mucho pasear por Viena las tardes cálidas de verano, dejarse llevar por el viento, por el olor de los gases de combustión mezclado con el de las flores que empezaban a marchitarse. No nos hacía falta hablar para poder apreciar esos momentos; nos bastaba con compartirlos.

Con los tarros en el cesto regresamos paseando. Yo andaba despacio mientras Judith iba saltando delante de mí, se inclinaba aquí para oler una flor, allá para ver mejor una piedra lisa o una moneda que alguien había perdido, se volvía para contemplar su imagen reflejada en los escaparates como si fuera una muchacha joven y enamorada de sí misma. Qué fácil era todo cuando no estaba Rahel, cuando no teníamos sus constantes admoniciones, sus cambios de humor, esas opiniones que defendía con mayor vehemencia según pasaban los años. Me sentía más ligera cuando ella no estaba.

—Mira —susurró Judith—, una tortuga.

Señaló el escaparate de una tienda de artículos para mascotas y a mí se me encogió el corazón. Era una tortuga pequeña, que no superaba en tamaño la tapa de cualquiera de los tarros que llevaba en el cesto. Verde claro y color cieno. Hitler nunca había sido tan pequeño. Pude ver su aliento en el cristal del escaparate, aunque tal vez también fuera el mío, porque me había acercado demasiado. Tiré de Judith con ímpetu para seguir camino, los tarros repiquetearon en mi cesto y el sol del atardecer me calentó el rostro.

—¿Te gusta? —susurró Judith. Musitó esa frase en mi oído y yo sentí un hormigueo por toda la cabeza—. Podría entenderlo, es un joven agradable.

Cambiamos de acera, cruzamos justo por delante del tranvía y obligamos a varios conductores con prisa a detenerse mientras tocaban la bocina. Últimamente sentía que me faltaba el aliento muchas veces, como si hubiese corrido demasiado rato. No me parecía una buena señal.

—Déjalo estar —dije, como tantas otras veces.

—Un joven muy agradable. Todos son de lo más agradable cuando son jóvenes.

No pude contestar más que sacudiendo la cabeza y quitándome de encima el brazo que había posado con delicadeza sobre mi hombro.

—Al crecer se estropean —dije con más brusquedad de la que en realidad pretendía—. ¿Puedes explicarme por qué?

Judith sacudió la cabeza, pero pareció reflexionarlo muy en serio hasta que llegamos a casa y metí la llave en la cerradura.

—Ahí está —murmuró—. No le hagas nada al pobre chico. Ya ha padecido lo suyo.

—Crees que eso lo justifica todo. Que la infancia que ha tenido cada cual le da carta blanca, ¿eso crees? Pues entonces sí que ha tenido suerte. Una suerte enorme, la verdad.

Me detuve antes de empujar la puerta. El último rayo de luz desapareció justo en ese instante detrás de las casas. Cómo me hubiese gustado salir corriendo...

—Sufrió mucho cuando era pequeño.

—Todos sufren de pequeños. Nómbrame a alguien que no haya sufrido. Así son las cosas. Hasta los que son felices sufren. Esas son las leyes de la naturaleza. Las leyes de la vida. Crecer duele. Las experiencias duelen. Podría echarme a llorar solo con pensarlo.

—Deberías llorar más, cielo. Apóyate en mi hombro y llora.

La miré con rabia, pero al comprender lo absurdo de esa conversación solo pude suspirar y devolverle la sonrisa.

—El pobre chico, quién sabe cuánto dolor guarda en su interior —dijo Judith—. Los peores son esos, los que no lo saben. Son los que más difícil lo han tenido. Ocultan su sufrimiento detrás de la ira y hacen lo que sea necesario para que nadie lo note, ni siquiera ellos mismos.

Esta vez sí que abrí la puerta y Judith me susurró al oído: No le hagas nada, no le hagas nada. Y me acarició la mejilla con su aliento.

De hecho, el chico estaba en el pasillo de la planta baja. Daba la sensación de encontrarse algo perdido, con los brazos colgando inertes, como si estuviera buscando algo que hacía tiempo que no podía encontrarse. Se sobresaltó al verme y dio media vuelta deprisa para subir corriendo la escalera. Tal vez lo detuve con mi mirada, porque no le grité, tampoco le dije nada, y aun así se quedó quieto y esperó. Dejé el cesto con los tarros delante de la puerta de mi vivienda, y el leve tintineo consiguió que se estremeciera una vez más; yo solo lo veía con el rabillo del ojo, su mano en la barandilla de la escalera, el pelo rubio acariciado por el sol del atardecer. Puede que también lo rozaran los dedos de Judith.

—O sea que aquí estás —afirmé.

Él asintió.

—¿Por qué?

—No sabía adónde ir.

Su voz la recordaba diferente. Más imperiosa. Más fuerte. Respondiendo todas las preguntas con claridad y vehemencia. Preguntas que a mí casi me mataban, pero que a él no parecían molestarle.

—Y decides venir a Viena. A mi casa.

—Con mi hermana —me corrigió.

Qué bien recordaba su rostro, su rostro frente a mí, seguro de sí mismo, casi divertido.

Ahora, en cambio... Sus ojos heridos eludían los míos.

—¿Cuánto tiempo has estado allí dentro?

—Seis años.

—¿Por qué solo seis? —Eso lo dije más para mí que para él, pues seis años es apenas un puñado de tiempo. En seis años no crías a un niño. No envejeces. Te das media vuelta y ya han pasado seis años—. ¿Y el otro?

—Sigue dentro.

El otro no había hecho más que mirarse las manos. Había ocultado los ojos detrás de los brazos, de unas gafas de sol, de la capucha de su cazadora. No había tenido el valor de mirarme a la cara. Un despojo desgraciado, quejumbroso y ridículo. ¿Por qué siempre le persiguen a uno los malos recuerdos?

—¿Cuánto le queda todavía?

El joven se encogió de hombros, como si aquello no fuera con él. La muchacha y él, cómo se parecían...

—Mucho.

—Entonces está bien.

Lo dejé plantado en la escalera y entré en mi vivienda. Dentro había mucho silencio, tanto como hacía mucho que no encontraba. Tuve que abrir de golpe las ventanas para que Viena pudiera pasar a verme. Pero no lo hizo. Se quedó fuera, como si yo estuviera en una cárcel, tras unos barrotes invisibles que me separaban de todo. Frente a la terraza, los albaricoques maduros colgaban de las ramas, pero yo no podía salir. Solo podía sentarme delante de la puerta, lanzar allí mis viejos huesos como si todo estuviera perdido. Más no podía hacer.

Sorprendentemente, Rahel dejó que siguiera un buen rato allí sentada. Unos cinco minutos estuve así, hasta que mi hermana se arrastró a mi lado. Se acercó avanzando sobre las rodillas desnudas, esperando a ver qué diría yo, si es que decía algo. No dije nada. Respiró hondo un par de veces, se apartó un mechón de pelo rizado de la frente y se sentó sobre sus talones.

—Ya sabes lo que tienes que hacer —dijo entonces.

Los pájaros dieron comienzo a su canto vespertino frente a la puerta de la terraza. Un canto pesado y henchido.

—¿Ah, lo sé? —Mi voz sonó quebradiza.

Solo podía pensar en los ojos del chico. Los de aquel entonces y los de ahora. Y en los ojos de la muchacha, que brillaban tanto cuando bailaba, cuando hablaba de Rahel, cuando ponía la mejilla un momento en mi mano para asegurarse de que yo todavía seguía ahí. No solo los ángeles pueden mostrar ternura.

—Todavía recuerdas dónde está el tarro, el de mil novecientos cuarenta y cuatro, el que madre preparó el último verano. Menudo verano fue ese. Tan bonito..., porque fue el último. Lleno de presentimientos e ignorancia. Un verano maravilloso y dulce. Esa mermelada nunca la ha probado nadie.

—¿Tú cómo sabes eso?

—Es una pena lo de esa mermelada. Seguro que está deliciosa.

—Que cómo lo sabes.

Me volví hacia ella, pero ya no era más que un destello en el aire del atardecer, fugaz como el canto de los pájaros que se interrumpió de pronto, como el golpe de una ventana a causa del viento, un pensamiento arrebatado.

—Me lo contaste mientras dormías, que tuviste ese tarro en las manos. Varias veces. Tus dedos se cerraban sobre la tapa, luego le dabas vueltas al tarro, leías la etiqueta. Aunque ya sabías lo que contenía.

Lo había tenido en las manos un millar de veces. En los inviernos gélidos, cuando la soledad me perseguía por toda la casa. Después de las noches con Franz, cuando apartaba de mí sus manos y se marchaba sin despedirse y por un tiempo indeterminado. Al perder a Hitler pasé noches enteras sentada con el tarro en el jardín. ¡Vuelve!, le gritaba a esa Viena oscura. Vuelve o lo haré. ¡Te juro que lo haré!

Más adelante volví a tener el tarro en las manos después de que Franz, en el verano de 1960, me llevara en coche a Bad Vöslau. Solo un día, un único día pasamos allí, nadando en las piscinas curvas de piedra, bajo unos robles que tenían unos troncos tan gruesos que casi no podían rodearse con los brazos ni entre dos personas; lo probamos. Él me compró un helado de chocolate, un helado para el duende, como dijo riendo, y me quitó un poco de la punta de la nariz con un beso. Me levantó en alto en el agua y yo me sentí ligera y pequeña en sus brazos. Los demás bañistas, a nuestro alrededor, reían y se salpicaban como si nunca hubieran vivido nada diferente, nunca un invierno, nunca el frío, nunca la guerra. Me cogió el sol en los antebrazos, en las manos, en la frente y las mejillas, como solo sucede los días de verano en que eres feliz, vertiginosamente feliz, tan feliz que podrías morir. Una felicidad que te cubre de pecas como si fueran un velo echado por encima de tu cuerpo y de tu discernimiento, que te hace creer que todo será así para siempre y que nunca se desvanecerá.

Nos quedamos mucho rato. Hasta que ya no había nadie más y el socorrista, aburrido, se puso a pescar hojas de la piscina con un pequeño salabre. Caminamos dados de la mano por la hierba bien cortada, por los caminos pavimentados que llevaban a los vestuarios. Paseamos como si no tuviéramos ninguna prisa, aunque en realidad no podíamos aguantar más y solo conseguíamos aminorar el paso con mucho esfuerzo. Nos detuvimos junto al socorrista y miramos cómo se inclinaba sobre el agua. Descubrimos una moneda en el fondo de la piscina, y Franz me soltó la mano un momento para zambullirse una vez más. Vi su cuerpo bajo el agua, tan familiar, tantas veces acariciado, tan querido. Me puso la moneda en la mano, pero al ver que era un marco del Reich la lancé tan lejos como pude.

—Es tarde, van a tener que darse prisa para cambiarse —nos informó el socorrista.

Tiré de Franz para marcharnos ya. Sí, claro, nos daremos prisa, sí.

Y de repente todo cambió. Franz cerró la puerta del vestuario. La madera con toda la pintura desconchada, la pared de mosaico verde, el suelo sobre el que había charcos y por el que apenas unos momentos antes habían corrido pies infantiles, la oscuridad que puede crearse gracias a una puerta cerrada, los hombros de Franz, su boca, sus ojos serios. Todo eso está grabado en mi memoria, ha arraigado allí como la siempreviva que crece junto a la puerta del jardín. Me dio la vuelta y yo apoyé la frente contra la madera. Me oí gemir. Pero ¿de verdad era yo? ¿O era Rahel? ¿Judith, quizá?

—Eres preciosa, Shapiro —me susurró en la nuca—. No conozco a ninguna mujer más preciosa que tú.

Lo dijo de corazón. De eso aún hoy estoy segura. En aquel momento lo dijo de todo corazón. Y yo, yo pude verme a través de sus ojos. Mis pechos pequeños, el vientre blanco y suave, los muslos potentes. Incluso mis dedos eran hermosos. Mis pies delgados en los charcos formados por el bañador. Todo era tan perfecto, tan maravilloso, tan increíble, tan mío...

Quizá por eso me quedé embarazada, porque en ese momento yo misma me amé tanto como antes solo lo había amado a él.

—La última vez que tuviste el tarro en las manos estabas verde como el suelo de piedra de los vestuarios de Bad Vöslau. Vomitaste en el lavamanos, en el retrete y en una papelera del mercado de Naschmarkt. Casi no podías soportar tantas náuseas.

—No podía soportar ese bebé.

—Madre mía, de verdad...

—Ese bebé estuvo a punto de matarme.

—No. Tú casi mataste al bebé. Al bebé y a ti misma.

Así fue. Lo supe ya mientras estábamos sentados en el coche, de regreso a casa. Recorríamos la carretera que serpenteaba con suavidad por entre los prados y yo todo el rato sabía lo que había sucedido. No miento. Él no sospechaba nada, por supuesto. De vez en cuando apartaba la mano del volante y me la ponía en la rodilla. Le preocupaba que pudiera coger frío, porque llevaba el pelo mojado y la ventanilla estaba bajada. Paró un momento en un área de descanso pasado Tribuswinkel para besarme. Todo eso porque notaba mi inquietud. Los hombres lo notan. Notan el peligro aunque, por lo demás, estén ciegos y sordos. Después, en Viena, me dejó bajar antes, en Burggarten; yo lo quería así, pero desde luego también estaba su mujer, que lo esperaba en casa, que creía que Franz tenía que trabajar. Que no sospechaba lo que había entre nosotros.

—Siempre me he preguntado por qué no lo hiciste. Una niña de un hombre casado.

—Eso no es motivo.

—Es cierto. Simplemente fuiste cobarde.

—Cobarde no es la palabra.

—Indecisa. Miedosa. Lo que sea.

Me abrazó desde atrás por la cintura, conciliadora, y me acunó de un lado a otro con suavidad. Allí delante, en la vieja casa de los Schlegel, se encendieron las luces del piso de arriba. Justo donde había estado el dormitorio de Franz, el cuarto de baño, la habitación de la señora Schlegel. De vez en cuando se veía pasar alguna sombra por una ventana, pero la mayor parte me la ocultaba el árbol.

—Cuando el bebé se movió ya no fui capaz —dije.

Las primeras veces fueron como un aleteo, un revoloteo de mariposas en las paredes de mi vientre. No quería creer que se estuviera moviendo tan pronto. Hasta ese momento me había ido concediendo solo un día más, y otro, y al siguiente otro más. ¿Qué mal podía hacer? El final llegaría de todas formas. Franz y yo nos sonreíamos por encima de la valla. Cuando él salía al jardín y yo estaba en el mío, casi daba la sensación de que estuviéramos juntos allí. Y cuando su mujer salía también, grande y rubia y siempre elegante, yo me inclinaba enseguida sobre las rosas y el arbusto de las mariposas y fingía no darme cuenta de su presencia.

Cuando empezó a moverse decidí seguir viviendo. Seguir viva, sin espectacularidad. Intentarlo, tal vez solo porque quería saber qué aspecto tendría un hijo de Franz y de un duende.

—Era preciosa, la niña, cuando la trajiste al mundo.

Sí que lo era. Pequeña y con la cabeza llena de pelo negro, como si fuera de Mongolia, con los ojos algo inclinados. Nada en ella recordaba a Franz. Nada. La llamé Esther. Esther, la estrella.

Nos quedamos sentadas hasta que vimos la Osa Menor, la Osa Mayor y la luna colgando como una hoz sobre Viena. Recosté la espalda contra Rahel y pensé que el recuerdo de todas esas cosas pronto se perdería. Nadie pensaría jamás en mí, en Esther o en mis hermanas. No era algo malo. Simplemente era así.

Cuando la muchacha regresó de los ensayos, yo seguía sentada allí. Oí cómo saltaba la valla por detrás, cómo corría sobre la hierba y se detenía debajo del árbol para recoger un par de frutos. Era tan pequeña y delicada que no tenía que inclinarse bajo las ramas. Comió, entonces se agachó otra vez, recorrió el pequeño sendero hollado hasta la casa y subió los escalones que llevaban a la cocina donde aguardaba yo. No pareció sorprenderse de verme aún allí, contemplando el jardín.

—Señora Shapiro —dijo—, mire lo que he encontrado. Debajo del árbol, justo al lado del tronco, en un pequeño agujero.

Me dejó la tortuga en el regazo. Con los dedos recorrí el caparazón. La estrella de David estaba enorme, desvanecida y desfigurada, pues Hitler había crecido mucho, más o menos tanto como una hogaza de pan recién salido del horno. Tenía la cabeza escondida, y también las patas, y por un momento temí que no viviera ya. Sin embargo, al tocarlo por debajo pude sentir que estaba vivo.

—Has encontrado a Hitler —le dije a la muchacha, y me eché a reír.

Reí hasta que se me saltaron las lágrimas, hasta que la muchacha me abrazó y Rahel se alejó de puntillas sin hacer ruido.

Nadie sabrá jamás si Karel Lier amó a mi hermana de verdad. Yo prefiero contar esta historia dando por hecho su amor, y no la tal vez triste verdad de que para él Rahel solo fuera un bonito pasatiempo, algo que debía divertirle durante un invierno, mientras se encontraba encerrado en su desván y apenas podía salir del edificio. No, por supuesto que la amaba, y ella a él, y por ese motivo Rahel no podía apartarse de él, aunque con ello avanzara directa a la desgracia, un paso tras otro.

Después de hacer aquel primer recado para Karel, después de dejar el sobre en manos de una mujer bajita y de pelo oscuro de cuyo rostro después ni podía ni quería acordarse, y luego salir corriendo, muchas otras veces entregó sobres durante el trayecto de vuelta a casa. Ya no quería saber qué eran, solo aceptaba los papeles, se los metía por dentro de la ropa e iba a la dirección que Karel le susurraba al oído.

En algún momento se preguntó si a él ya solo le importaba lo de los sobres o si seguía importándole ella. Se avergonzaba de pensarlo, pero no conseguía sobreponerse a la desazón que le causaba. Se dio cuenta de que Karel ya nunca trabajaba en su retrato, que había quedado inacabado y medio oculto por una sábana en el atelier. No sabía si solo prefería enviarla a casa cada vez más tarde porque esa era la hora más propicia, cuando en las calles había más oscuridad y más silencio. ¿Se habían vuelto sus besos más superficiales, sus caricias más descuidadas, brillaban sus ojos todavía con ardor cuando la empujaba hacia la puerta con las cartas pegadas al pecho? Rahel, temerosa, buscaba durante sus conversaciones señales de lo que sentía él por ella. Le preguntó si la quería, y él dijo que sí, que por supuesto que sí. Le preguntó si pensaba en ella cuando se marchaba, y él dijo que sí, que el miedo que le daba lo que pudiera ocurrirle casi lo mataba, que no lograba dormir cuando sabía que estaba ahí fuera, que apenas si podía respirar cuando se iba, apenas soñaba, no trabajaba, no pensaba, no comía, no hablaba. Sus respuestas no la satisfacían.

Le preguntó si tenía más miedo por ella o por las cartas. También quiso saber si tenía más miedo por ella o por el rastro que pudiera dejar hasta él. Una vez empezó, ya no consiguió parar de preguntar y, aunque vio que algo se quebraba en el interior de Karel (supuso que era la paz y el entendimiento mutuo, la consonancia de sus corazones), fue incapaz de contenerse. Siguió hablando aunque Karel le dio la espalda y se puso a mirar por la ventana, donde se posaban los suaves copos de nieve, y en algún momento él simplemente dijo que no tenía por qué seguir haciéndolo si no quería, lo cual la hizo gritar. Rahel lo zarandeó y le golpeó la espalda con los puños desnudos. Deseaba oír que él la amaba, que seguía amándola más que a nada en el mundo, más que a su vida, más que a la idea de la libertad, más que al sol sobre el horizonte una mañana de verano.

Karel no tuvo ocasión de contestar. Oyeron pasos en la escalera, unos pasos que no sonaban como deberían sonar. Se miraron a los ojos un instante, luego Rahel reunió su ropa a toda prisa, se la puso como pudo, nerviosa, temblorosa, y Karel se levantó de un salto y, aún desnudo, fue a meter unos papeles dentro del pequeño horno, que empezó a echar humo y les hizo toser. Rahel abrió la ventana de golpe. La nieve entró a ráfagas y se posó entre ambos. A ella le hubiera gustado decirle que se olvidara de esos últimos minutos, de lo que le había echado en cara, de todo. Le habría gustado abrazarlo, estrecharlo con fuerza. No, no abras la puerta, saltemos los dos por la ventana y huyamos por los tejados. Surquemos juntos el aire sin soltarnos de la mano. Pero entonces llamaron a la puerta.

Eran cuatro. Registraron el apartamento, vaciaron las cenizas del horno y rescataron los papeles. Dejaron que Karel se pusiera pantalones, camisa y zapatos, pero cuando también quisieron llevarse a Rahel, él les dijo que no, que ella solo era su amante, una muchacha tonta que ni sabía ni había hecho nada. Uno de ellos le puso un dedo a Rahel bajo la barbilla y la miró un buen rato como inspeccionándola.

—Pero es judía —afirmó.

Aun así, la dejaron en el apartamento. Eso fue lo peor, quedarse allí mientras Karel se marchaba. Oírlo en la escalera, oír cómo se cerraban las puertas del coche y el ruido del motor amortiguado por la nieve, que se alejaba y se iba perdiendo. Cuántas veces habían hablado de cómo sería bajar por esa escalera, salir a una mañana primaveral, juntos, sin miedo, sin el sobresalto en los huesos, y cuántas veces había dicho Karel que solo debían tener paciencia, solo un poquito de paciencia...

Sentada en nuestra cocina, pálida como el cielo de la mañana, Rahel solo podía pensar en si ellos lo sabrían. Si sabrían quién era ella, si nos encontrarían, si había dejado un rastro que los condujera hasta nosotros. Yo le dije que eso estaba en manos de El Shaddai. Dios nos protegerá, Dios borrará las pistas y tendrá compasión. Pero a veces Dios no tiene compasión. A veces Dios juega a un juego cruel. Quizá porque toda naturaleza lleva dentro la necesidad de destruir. También la suya.

La nieve fue reemplazada por un frío cortante. Sucede a menudo. Primero caen unos copos grandes y abultados

que casi se derriten mientras aún están en el aire, y luego
un viento helado recorre la ciudad y lo congela todo. Ya
no nieva y, si lo hace, caen unos pocos copos que duelen
al tocarte la cara, que te hacen encoger los hombros como si así te protegieras del frío.

Cada minuto que pasaba y no sucedía nada nos
permitía respirar un poco más. Así vivimos una semana,
luego otra. Al principio no hacíamos más que esperar
sentadas en la habitación de Rahel. Ella lloraba por el
apartamento vacío de Karel, por ese horno que ya era
del todo inútil. Por el cuadro no lloró, el cuadro lo bo-
rró de su memoria y esperó que nadie más conservara
tampoco ningún recuerdo de él. Tras la segunda semana se instaló de nuevo una sensación de normalidad. No
nos sobresaltábamos si un coche se detenía en nuestra
calle, Rahel y yo ya no hablábamos de si debíamos contárselo a madre o a padre o a Judith. Guardamos el secreto, y yo le dije que llegaría un momento en que ya no
sería un secreto, llegaría el momento en que sería algo que
nunca había ocurrido.

Empecé a salir otra vez. Un día de febrero me escabullí y bajé corriendo por Mariahilfer Strasse, salté por
encima de los escombros y los adoquines sueltos, me
colé en los jardines, recorrí las estrechas callejas. Tenía
que dar rienda suelta al duende y liberarlo al fin, pues
llevaba mucho tiempo encerrado. En Nuebaugasse me
encontré con Franz, que parecía vagabundear sin rumbo
por la ciudad, igual que yo.

—Hacía mucho que no te veía —dijo—. ¿Has estado enferma?

En realidad quería saber si Rahel estaba enferma. Negué con la cabeza.

—Pues pareces enferma.

—Lo mismo digo.

—Vamos a Karmelitermarkt, que han hecho mucho destrozo.

Con eso se refería a que podíamos trepar por las casas bombardeadas. A veces encontrábamos cosas que todavía podían aprovecharse. Yo no tenía ningún plan mejor, así que trotamos los dos juntos en dirección a Karmelitermarkt. Cuando algo sospechoso me llamaba la atención dábamos un gran rodeo, desaparecíamos en las calles laterales y los patios traseros. Sospechoso era cualquier cosa. Hombres parados en la calle. Coches aparcados. El breve destello del cristal de una ventana.

Desde Grosse Sperlgasse pasamos por la parte de atrás de la vieja sinagoga destruida para llegar a la escuela polaca. El templo todavía era estrecho y oscuro, nos colamos por un agujero de la mampostería y trepamos por los bancos de madera volcados.

—Espera —susurré, y Franz se detuvo—. Yo antes venía mucho por aquí.

Lo así de la mano y tiré de él hacia donde antes estaban las velas.

—Hagamos como si todo estuviese intacto.

Miré a Franz y vi que se sentía incómodo.

—Como nos pille alguien aquí...

—Por favor.

Accedió a regañadientes, pero me dejó su mano mientras intentábamos avanzar por la sala destruida. Bajo nosotros se iban soltando piedras, el revoque de las paredes se desprendía. Por encima, las palomas echaban a volar con aleteos ruidosos. El sonido de sus alas resonaba en aquel espacio estrecho y alto, en lo que una vez había sido un lugar sagrado. Me había gustado estar allí. Las velas, la penumbra, la voz suave del rabino. A veces me quedaba dormida. A veces mi padre tenía que llevarme a casa en brazos, y los zapatos de Rahel y de Judith repiqueteaban en el adoquinado mientras corrían por delante de nosotros.

Tuve que buscar un buen rato hasta encontrar un sitio adecuado, un punto donde todavía se veía cera de velas en el suelo, el lugar que había ocupado el rabino para bendecirnos y donde aún se percibía el olor del incienso sobre las piedras. Allí nos arrodillamos.

—*Vatik yehemu na rajameja...* —susurré—. Altísimo, despiértese tu misericordia, compadécete de tu amado hijo... Cuánto he anhelado contemplar el esplendor de tu poder. Compadécete y no te escondas... *Mo 'ed, v'joneini kimei olam...* Apresúrate a mostrarnos amor y compadécete de nosotros como en los días pasados.

—¿Crees que tendrá compasión?

Estábamos sentados en el frío suelo de piedra, los ruidos de fuera llegaban hasta nosotros ahogados, nos acercamos mucho uno a otro para darnos calor. Franz me tomó de las manos y sopló entre ellas. Aunque su pregunta era de una estupidez extraordinaria, yo no me inmuté. Cuando amas, perdonas también las estupideces.

—¿Lo crees?

—Sí. —No mentía, lo creía profundamente, de todo corazón.

—¿Crees que hará que pare?

—Sí. ¿Y tú?

—No.

—Eres poderoso en toda la eternidad, Señor, resucitas a los muertos, eres fuerte cuando ayudas, haces que el viento sople y que caiga el rocío... —seguí citando, aunque furiosa esta vez.

—No te enfades. —Volvió a soplar en mis manos y sus labios me rozaron. Una caricia tan leve que no pude saber con certeza si había sido un beso.

Sí que me había enfadado. Por su falta de fe, porque su falta de fe me dejaba sin valor.

—Tienes que creerlo tú también —le increpé—. ¿De qué sirve que solo yo crea? Yo sola. Eso no sirve de nada. ¡De nada!

—¿Quieres matarme solo porque no creo?

—Podría.

—No, no podrías.

—Ay, Franz Schlegel... —me limité a decir. Luego me puse en pie de un salto y lo dejé allí sentado en el suelo.

Recorrí los escombros sola. Me estuve un buen rato, hasta que me entró hambre y cansancio y frío. Esa mañana solo encontré una olla esmaltada, vieja y estropeada, y un tarro sucio y turbio de pepinillos en vinagre. Los pepinillos me los llevé.

Al llegar a casa, el coche estaba en nuestra calle. Una nieve fina como azúcar glas se había posado sobre él. Me detuve allí delante con las manos metidas en los bolsillos del abrigo, después enfilé despacio el camino hacia la casa y dejé el tarro de pepinillos sobre el murete que había junto a los escalones de la entrada. La puerta estaba abierta de par en par a pesar de las gélidas temperaturas, y desde allí pude ver el salón. Vi una ancha espalda uniformada y a mi madre y mis hermanas. Estaban sentadas las tres juntas en el delicado banco Biedermeier. Cuando mi madre se dio cuenta de que yo estaba en la puerta de casa, se estremeció casi imperceptiblemente.

—Su familia consta, pues, del señor Baruch Shapiro —estaba diciendo el hombre—, de usted, señora Sarah-Jaris Shapiro, y de las hijas Rahel, Judith y Elisabetta. ¿Es correcto?

Mi madre asintió con la cabeza sin apartar los ojos de mí.

—Todo esto debe de ser un malentendido —repuso—. Mi marido es médico, es un hombre insustituible para el hospital, no pueden deportarlo. Nos habían dicho que...

—Yo solo cumplo órdenes. ¿Dónde está la hija menor? Elisabetta Shapiro.

—Hace ya tiempo que la mandamos a casa de unos parientes de Polonia —se inmiscuyó Rahel—, al campo.

También ella me miraba todo el rato. Corre, leí en sus ojos. Vete. Desaparece.

—¿Cómo se llaman?

—Rosenbaum. Anna.

—Elisabetta es muy enfermiza...

—... por eso la...

—... la enviamos al campo.

—Lo comprobaremos.

—¿Dónde está mi marido?

—Más adelante se reunirán con él. —Por supuesto que eso era mentira, me dijo después Rahel.

Nunca volvieron a ver a padre.

Yo no podía moverme, no podía respirar, decidir nada. Lo que veía era como un bodegón enmarcado por la madera oscura del bastidor de la puerta del salón. De pronto la alfombra roja sobre la que estaba el hombre se volvió brillante y chillona. Una estampa decisiva y espantosa. Una fotografía que jamás podría olvidarse. Cuántas noches se sucederían aún, cuánto tiempo pasaría por mi cuerpo..., y esa imagen siempre seguiría allí. Cercana e inalterable. El banco de esbeltas patas curvadas, tapizado de un terciopelo verde suave. Mi madre con su vestido negro de pequeños botones blancos. Judith sin apartar la mirada de su regazo, a saber qué le estaría pasando por la cabeza... Y Rahel. Rahel, que lo había estropeado todo.

La mirada implorante de Rahel se volvió furiosa, desesperada. Su pecho se hinchaba y se encogía. Sabes lo que sucederá, así que date media vuelta y huye de aquí, corre calle abajo y no mires atrás, tápate la estrella judía con la mano y ponte la capucha para ocultar tu coleta de cabello negro. Que nadie te reconozca, date prisa.

Cuando avancé paso a paso hacia la salida, andando hacia atrás y a tientas, asintió con suma discreción.

Mientras el hombre escribía algo en una libreta, yo oí cómo caían las lágrimas de Judith en su regazo, casi sin hacer ruido. Tropecé en los escalones, marcha atrás, y corrí para desandar el camino hasta la calle. Una vez allí me dije que lo mejor sería ir despacio, como si no tuviera ninguna prisa. Una camioneta pequeña se detuvo delante de nuestra casa y yo me escabullí por entre los curiosos. Todos sabían muy bien lo que se estaba desarrollando ante sus ojos. La señora Schlegel y los demás. Eran tan cobardes. Qué cobardes... Tan cobardes como yo.

Seguí andando hasta que ya no pude ver la casa y entonces me senté a esperar. Si hubiese regresado en ese momento... Si no hubiese esperado allí...

En algún lugar un reloj dio las doce del mediodía. El tranvía se detuvo en la parada. La nieve caía sobre los tejados.

Más tarde, la puerta seguía abierta y el tarro de pepinillos sobre el murete. Los armarios de las habitaciones de mis hermanas y mi madre estaban todos revueltos. Habían sacado cosas de allí a toda prisa, un vestido de lana que abrigara, la chaqueta que madre había tejido a mano hacía años. Faltaba también el vestido que Judith quería ponerse el día de su boda. El libro que esa mañana estaba en la mesilla de noche de Rahel. Allí donde antes estaban sus maletas ya solo quedaban marcas rectangulares en el polvo. También yo saqué la mía de debajo de la cama y dentro metí sin orden ni concierto todo lo que caía en mis manos. Más me habría valido no llevarme nada de nada. Bajé corriendo al sótano y metí a Hitler con su caja y todo en una esquina de la maleta, entre calcetines y braguitas para que no se moviera. Después la cerré y me puse en camino.

El trayecto a pie hasta Salztorgasse era largo, pero no me detuve ni una sola vez. La nieve se posaba en mis pestañas y en mi pelo, y la maleta me tiraba del brazo. Yo avanzaba con pasos enérgicos, decididos. Por supuesto que mi madre me regañaría. Seguro que me soltaría un bofetón en la mejilla derecha y otro en la izquierda por no haberle hecho caso. Y Rahel me castigaría con su desprecio, pero eso a mí me daba igual.

Todo el mundo sabía adónde iban los judíos cuando los sacaban de sus casas. Los llevaban al Hotel Metropol. El que llegaba allí, ya tenía un pie en Auschwitz o Theresienstadt, en Dachau o en Treblinka.

—Antes allí se hospedaban cantantes —nos decía mi madre—. Viajeros, amantes. Y ahora...

Ahora, los judíos. Desde delante, desde Morzinplatz, todo parecía todavía igual que siempre. Claro que colgaban los estandartes. Claro que estaban las SS y los soldados. Claro que entraban y salían personas de las que yo normalmente habría huido.

Me dirigí a la entrada trasera. Sentía una ligereza extraña. Una tranquilidad extraña. Eso nunca lo olvidaré, lo tranquila que me sentía. Tal vez fuera también por la nieve, que lo atenúa todo, los ruidos de dentro y los de fuera. Tuve que pasar junto a unos soldados para entrar por la puerta de atrás. Nadie me detuvo. Dentro, al ver esos pasillos, pensé en el servicio, en empleados de librea, en los carros con ropa de cama limpia que habrían empujado por allí desde la lavandería hasta las habitaciones. Pero era como un recuerdo apagado. Todo tenía un aspecto miserable: habían arrancado las moquetas para mayor comodidad de las botas recias; las paredes estaban destrozadas; las puertas, cerradas a cal y canto. Me crucé con muchas personas, mujeres con expedientes bajo el brazo, hombres de traje, y abrí una puerta sin pensar. Un hombre estaba sentado a un escritorio.

Entré y volví a cerrar detrás de mí.

—Soy judía —anuncié.

El hombre levantó la cabeza y me miró sin decir nada. Me acuerdo muy bien de su rostro delgado, de las gafas redondas y pequeñas, y del nacimiento de su pelo, con muchísimas entradas. En la pared colgaba un estandarte.

«Todos colaboramos. Todos vigilamos. Todos denunciamos».

—Hoy han arrestado a mi familia. Me llamo Elisabetta Shapiro.

El hombre seguía sin abrir la boca.

—Se han olvidado de mí.

Una mujer entró y dejó un par de papeles en la mesa.

—Tiene que firmar aquí —le dijo al hombre, y este levantó un lápiz y firmó.

Esperé. No me atrevía a sentarme en la silla que había delante del escritorio y tampoco quería dejar la maleta en el suelo. La mujer también esperó. Cuando el hombre hubo terminado, ella volvió a recoger los papeles y se marchó. Olí su perfume, floral y cargado, llevaba la melena rubia corta y marcada en ondas. Me dirigió una mirada, ni compasiva ni preocupada ni llena de odio. Si era una mirada indiferente o sencillamente vacía, no lo sé. La puerta se cerró tras ella.

—Quisiera ir con mi familia, por favor. —Mi voz no era capaz de llenar la pequeña sala—. Yo no estaba allí cuando fueron a buscarlos. Por eso se olvidaron de mí.

El hombre hundió la cabeza en las manos. Cuando levantó la mirada, de pronto su rostro había envejecido años.

—Vete, niña —dijo, y se levantó para acercarse a mí—. Vete a casa, niña, no nos des un disgusto.

Le temblaban las manos, todo el cuerpo, cuando me empujó hacia la puerta.

Quizá fuera la última mermelada que prepararía.

Llega un momento en que ya lo has hecho todo suficientes veces. Te has tumbado en la cama y te has vuelto de lado, has escupido en el lavabo al cepillarte los dientes; todo lo que haces siempre y también lo que no. Hay cosas de las que eres consciente y otras que te pasan desapercibidas. No consigo recordar la última conversación que tuve con mi padre. Puede que me diera un beso por la mañana antes de irse. Buenos días, Elisabetta, y yo murmurara alguna contestación medio dormida. También las últimas palabras de mi madre las he perdido para siempre. De las de Rahel, en cambio, me acuerdo a la perfección.

Me habló de una muchacha. Se llamaba Pola Kubritz. Me contó que era bailarina y que iba a interpretar el papel de Romeo, me habló del vestido que quería ponerse ella para ir al estreno: ni demasiado corto ni demasiado largo, negro, por supuesto, y con picos en las mangas. Dov no la dejaría salir de casa con algo demasiado corto. Me habló también de los zapatos, unos zapatos de Esther, los de correas, y de que tenía pases gratuitos porque la madre de la muchacha, su padre y su hermano no asistirían. Le pregunté por qué, y ella me dijo que no lo sabía. Me dijo que nunca había querido a nadie tanto como a esa muchacha. Era una hermana, un amor e incluso más que eso.

—¿*Bubbe*? —me preguntó—. ¿Las cosas siguen siendo como antes?

—No, seguro que no —respondí, pero sentí un peso en el corazón.

—¿No es extraño ser judía?

—Sí que lo es.

—Entonces, ¿por qué lo somos?

No tenía respuesta para esa pregunta, más allá de que a veces todo resultaría más sencillo de otra manera, aunque no necesariamente mejor. No quería decirle que no podemos elegir, que cada uno nace con un destino y que luego solo se trata de ver qué hace cada cual con el que le ha tocado. No quería decirle nada de eso. Yo misma lo había oído demasiadas veces. Siempre igual.

—Mi pequeña Rahel —le dije nada más—, por supuesto que las cosas son distintas ahora. Muy distintas. El mundo ha cambiado. También para nosotras.

La línea quedó en silencio y durante un momento solo pude oírla respirar.

—Entonces está bien, *bubbe* —repuso.

De modo que me disponía a hacerlo por última vez. No era nada del otro mundo. Uno siempre se despide por etapas. Hitler cruzó la cocina igual que en aquel entonces. Me parecía más lento. Tal vez solo era que estaba viejo, viejo y cansado de las cosas. Le dije a la muchacha que subiera a buscar a su hermano.

—No vendrá —dijo.

—Pregúntale.

—¿Por qué habría de bajar?

Todavía llevaba puesto el tutú que siempre se ponía para ensayar, y a mí me encantaba la estampa que ofrecía en mi cocina. Hechizaba la casa, la convertía en un mundo de hadas, en un país de las maravillas, más de lo que yo soñé jamás. Y, solo por eso, estaba dispuesta a perdonarla, aunque parezca desmesurado.

—Tú ve a preguntarle.

Dio una vuelta por mi cocina y tiró con rabia todo lo que había en la mesa, las cartas del abogado del vecino que yo ya ni siquiera abría y todo lo que había allí encima.

—Venga, ve —insistí con suavidad, y ella salió hecha una furia y subió la escalera.

Quizá era aún más duende que yo, un duende pequeño, rubio y travieso, joven y rabioso. Recorrí la cocina buscando la olla grande, el azúcar y el cucharón de madera. Mientras yo fregaba los tarros, ella le gritaba. En los tarros se reflejaba el rostro malhumorado de Rahel. ¿Lo ves? ¿Ves ahora dónde nos has metido?, susurró. Los sumergí enseguida en el agua caliente del fregadero y ella cerró la boca. Mientras los secaba con un trapo, bajaron los dos. Él parecía un perro apaleado, ella se sacudió las manos en el tutú.

—Hay que recoger los albaricoques —anuncié, y me senté a la mesa mientras ellos salían con un cesto.

Sí, esto es lo que me llevaré yo, pensé. Este es el final de la historia. Un joven alemán y una muchacha alemana que recogen albaricoques judíos. ¿Qué se puede aprender de ello?

Nada, siseó Judith, ni se te ocurra pensarlo.

No podía evitar mirar al joven, que se agachaba con torpeza en el atardecer, siempre siguiendo las indicaciones de su hermana, lento y titubeante.

—Allí todavía quedan algunos —le reprendía ella—, y allí, y allí, y allí también.

Una pausa. El tutú relucía en la oscuridad del jardín. La muchacha cruzó los brazos sobre el pecho. Él se agachaba, se le caían frutos al suelo, los recogía otra vez.

—Allí, en la hierba alta, y allí, entre esas peonías marchitas.

Hitler, que estaba quieto a mis pies, ofrecía un aspecto descarnado y curtido. Tuve que pensar bien si de verdad alguna vez se había marchado. O si siempre lo había tenido a mi lado, con sus pequeños ojos verdes, tan silencioso que no había forma de encontrarlo, ni en la hierba alta, ni detrás del aparador, ni entre las piedras de fuera.

Volvieron a entrar y la muchacha dejó el cesto en la mesa de la cocina. Casi rebosaba de fruta. Un par de albaricoques resbalaron, rodaron por la madera y cayeron al suelo; los dejamos allí tirados. Hice correr agua por un colador y eché los frutos en él, luego nos sentamos a la mesa y nos pusimos a deshuesarlos.

—La noche antes del estreno fue la primera que hizo frío de verdad —empezó a contar la muchacha—. Había quedado con Rahel en Max-Joseph-Platz, pero hacía tanto frío que no pudimos quedarnos fuera. Entramos en la sala de ensayos. Todavía no había llegado nadie, solo estaban el portero, que me conocía, y un par de bailarinas del Ballet Nacional que ya se marchaban a casa.

El joven abría los frutos mecánicamente y los lanzaba a la olla. Si soy sincera, tampoco yo quería oír aquello, pero él menos aún.

—Quédate aquí sentado —soltó la muchacha con dureza cuando vio que su hermano quería levantarse.

Se miraron con ira. Puede que durante un minuto entero. A mí me pareció una eternidad, lancé por lo menos diez albaricoques a la olla en ese rato.

—La tomé de la mano y la llevé arriba, al primer piso. En todos los carteles se paraba y se quedaba embobada. Mira eso, me decía, *El lago de los cisnes,* y *La bella durmiente,* y ahí *Giselle...* Se quedaba tan absorta ante las cosas hermosas que casi daba la sensación de que no regresaría jamás.

Asentí con la cabeza. Sí, así era ella, sí. Ya desde muy pequeña había sentido una enorme admiración por las maravillas de este mundo. Cuando la veía tan ensimismada, pensaba que a una niña como ella nunca podría ocurrirle nada malo, a una niña así no, una niña así viviría protegida toda la vida por la mano de Dios.

—Fuimos a los vestuarios. Allí se podía cerrar la puerta, y yo cerré con llave y nos sentamos las dos juntas en uno de los bancos.

La muchacha apoyó la cabeza en la mesa y yo le acaricié el pelo. La olla se había llenado mientras ella hablaba, el joven había deshuesado un albaricoque tras otro y los había ido metiendo allí. Obstinado, furioso, no era capaz de mirarla. Ni siquiera cuando se le acabó la fruta. Se quedó sentado, contemplándose las manos. Deseé que se marchara, pero no lo hizo.

Por la puerta del jardín entró la noche, entraron los susurros del árbol y los ruidos de la casa de los Schlegel. Puse la mano en la nuca de la muchacha y sentí cómo se relajaban sus músculos, cómo su tristeza se destilaba y empapaba mi mantel. Me hizo bien sentirlo, y consigo arrastró incluso parte de mi propia tristeza, aunque arrastrarla no era lo mismo que curarla, y pensé que en mi mantel quizá no habría sitio para toda nuestra pena, en especial si el joven empezaba también con la suya.

—Ahora hay que echar el azúcar y encender el fuego.

El joven hizo lo que le dije y el azúcar cayó formando un montón blanco. Me encantaba esa imagen, cuando el azúcar se mezclaba despacio con los albaricoques, cuando se disolvía tan perfectamente y lo penetraba todo con su dulzor, lo volvía pegajoso, viscoso, lo convertía sin remedio en algo diferente a lo que había sido en un principio.

—Ahora tienes que remover un poco, sin parar, para que no se queme.

Rahel se coló por la puerta del jardín. Olía a lavanda y al odio que le cerraba la garganta. Era un aroma tan intenso que incluso al joven se le metió por la nariz. Yo, sin embargo, no le hice caso, ni a ella ni a los gestos con los que me llamaba, lo cual la puso más furiosa aún. Podía imaginar con claridad lo que me recriminaría después. Traidora repugnante, me llamaría. Floja, porque me enternecía solo con ver a una muchacha alemana verter un par de lágrimas y a un joven remover una olla con obstinación, y eso solo porque yo se lo había ordenado, además.

¿Qué pretendes conseguir con esto, eh?, me diría. ¿Salvar el mundo? ¿Cambiarlo?

Tal vez saquemos un buen tarro de conserva, le contestaría yo entonces, y al menos eso será mejor que nada.

Pero con ello también cambiaría mi recuerdo. Algo bueno se extendería por encima de todo mi sufrimiento, cubriéndolo igual que un filtro fotográfico para suavizar la imagen.

Me puse de pie y agité un paño de cocina con la intención de hacer desaparecer a Rahel, y puede que incluso le diera, en el hombro, quizá, o en el brazo desnudo.

—Huele bien —dijo la muchacha sin levantar la cabeza.

Me coloqué otra vez detrás de ella, como si tuviera que protegerla de mi hermana.

—¿Y ahora qué? —preguntó el joven. Se refería a la olla que tenía delante. La mermelada lanzaba burbujas, borbotones dulces que salpicaban y le quemaban las manos y los antebrazos.

—No lo sé —respondió la muchacha—. No sé si alguna vez volverá a estar bien. No sé si alguna vez podré quererte como antes.

—Tú sigue removiendo —dije en voz baja, y por primera vez el joven me devolvió la mirada.

¿Me había mirado también así en el tribunal? Todavía recuerdo que mi dolor de aquellos días era demasiado grande para poder ver con claridad. Un velo gris y apático lo cubría todo, aunque tal vez habría podido desgarrarlo con un acto de violencia. Antes del juicio estuve semanas pensando si la muerte del joven o la muerte de la muchacha cambiarían algo, si su sufrimiento podría reducir el mío. Por las noches, Rahel me susurraba al oído que sí, podrá, podrá. Podrás ser feliz de nuevo si ellos no vuelven a serlo nunca más. Y Judith me decía que no, de todas formas nunca volverás a ser feliz, da igual lo que hagas. Y yo solo pensaba que alguien debía ponerle fin a todo aquello.

Alguien debía perdonar. Alguien debía tender una mano.

Pero ese alguien de ninguna forma podía ser yo.

Les enseñé a verter el líquido caliente en los tarros y luego a cerrarlos y darles la vuelta a toda prisa para dejarlos sobre la tapa. Llenamos doce y los colocamos en fila. El joven estaba atento, la muchacha se nos unió tras el quinto tarro. Lamió los restos del cucharón y se puso a rondar a nuestro alrededor igual que Kezele cuando todavía era pequeño. Abrimos la ventana de la cocina para que el viento pudiera llevarse el aroma dulce, y que así las demás personas lo disfrutaran también un poco. El joven se puso a hablar de repente con titubeos e interrupciones mientras limpiaba la mesa y fregaba la olla, retiraba restos de mermelada de los tarros todavía calientes y volvía a colocarlos boca arriba. Preguntaba si esto o aquello estaba bien así o asá, y al principio la muchacha lo hacía callar, más con impotencia que con enfado, pero luego lo dejó estar y dijo:

—Eso tienes que preguntárselo a la señora Shapiro.

Así que me preguntó a mí y yo le respondí. Entre nosotros nació algo. Querría llamarlo normalidad, aunque suene algo seco, porque ¿no tienen que volverse primero normales las cosas que antes eran malas, hasta que te acostumbras a su sabor, hasta que estás tan habituado a él que ya no te sabe tan amargo? Tal vez nunca sepan bien, pero quizá llegue un día en el que ya no te arranquen el corazón del pecho.

Quizá la muchacha pueda perdonarlo algún día, pensé, igual que yo la he perdonado a ella.

Cuando la muchacha se fue a la cama (había acabado exhausta), le pregunté al joven qué quería hacer. Me dijo que no tenía la menor idea. Si pudiera, le gustaría regalar el resto de su vida.

—Bueno —comenté—, no creo que encuentres a nadie dispuesto.

No lo dije con tan mala intención como debió de sonar a sus oídos, pues vi cómo se estremecía. Hizo ademán de querer contestar algo, pero lo interrumpí y lo hice callar con un movimiento de la mano.

—Yo no soy tu juez —dije.

—Sí, sí que lo es —repuso, y entonces supe que tenía razón.

No me corresponde a mí juzgar a los demás. En fin, quizá esa solo sea la postura más cómoda. Así puedes reclinarte, cruzar las piernas y rehusar cualquier responsabilidad. También a Franz Schlegel lo dejé marchar. Me quedé allí sentada sin más, fuera, debajo del árbol, mientras él se iba. Al principio con su mujer y los niños, a un apartamento que quedaba en la orilla del Danubio. Vendieron la casa y Franz volvió un par de veces para ver qué tal estaba la propiedad. Después empezó a venir a ver qué tal estaba yo. Hablábamos de su casa, que había acabado cambiando de propietarios a menudo, casi como si nadie quisiera quedarse con ella. Una vez coincidió con Esther y Rahel, que también estaban de visita. Rahel tendría unos tres o cuatro años. Se escondió en la cocina mientras él estuvo aquí, y Esther respondió sus preguntas con monosílabos.

Le preguntó dónde vivía, cómo se llamaba su marido, de qué trabajaba. Nada fuera de lo común. Pero Esther se mostraba desconfiada y reticente como un animal al que acarician a contrapelo.

—¿Por qué quería saber todo eso? —me preguntó después, y yo me encogí de hombros—. Aunque a ti te conozca de toda la vida, yo no tengo nada que ver con él.

Tuve que darle la razón, y a partir de entonces también yo empecé a contestarle a regañadientes. En algún momento, quizá justo por eso, dejó de venir. Durante mucho tiempo intenté recordar su última visita. ¿Cuándo había tenido lugar? ¿Qué vestido me había puesto yo? ¿Me besó? ¿Me acarició la espalda? No lograba acordarme. Tal vez fuera que tampoco quería. Y tal vez tampoco tuviera ninguna importancia.

—No es necesario que se ponga su mejor vestido —me había dicho la muchacha.

Aun así, lo hice. Era el vestido de Rahel, el que yo había llevado a una modista para que lo acortara. Ella, por supuesto, se puso hecha una furia. Habría podido matarme solo por ese vestido, sin duda, pero yo hice como si ni siquiera me diera cuenta. Era el vestido de una mujer joven, rojo amapola y escurridizo como un arroyo de montaña, pero los elfos y los duendes viejos pueden ponerse cualquier cosa. Esa es la ventaja de los duendes. Que no tienen nada que perder.

El joven me llevó en coche a la Casa de Conciertos. Hacía una eternidad que no me subía a un vehículo, y el mundo se había vuelto rapidísimo. Se lo dije al joven, y él sonrió.

Me dejó bajar delante del edificio y me dijo que nos encontraríamos dentro, pero yo esperé en los escalones hasta que aparcó el coche, porque no quería entrar sola. Los demás asistentes pasaban riendo y charlando a mi alrededor, ataviados con sus mejores galas, y el aire estaba tan tibio como antes, cuando yo aún quedaba con Franz por la noche, cuando su mujer se había acostado ya y él quería ver un rato a la niña. Esta es mi pequeña, decía entonces, mi hermosa y pequeña Esther. Y la tumbábamos entre ambos en la hierba y la contemplábamos mientras ella miraba las estrellas del cielo. Si se quedaba dormida, nos amábamos; si no se dormía, esperábamos hasta la siguiente ocasión, y el anhelo nos hacía pasar las horas.

Dentro, los músicos afinaban ya los instrumentos mientras nosotros buscábamos nuestras butacas. El joven me llevó del antebrazo y yo le dejé hacer, aunque no habría sido necesario. Estaban delante del todo, para que pudiéramos ver bien a la muchacha. Y ella a nosotros. Recordé la conversación que una vez había tenido allí con mi madre. Ella me dijo que el mayor regalo del mundo era la libertad. Estábamos sentadas en aquellas sillas antes de un ensayo, y yo había apoyado la cabeza en sus rodillas. Ella cantó algunos compases e hizo varias escalas ascendentes y descendentes para calentar la voz antes de que empezara el ensayo.

—Mientras pueda cantar, seré libre —afirmó.

Estuve pensando sobre ello durante algunas estrofas y al final le dije:

—Entonces serás libre toda la vida.

Me dio un beso en la mejilla.

—Qué lista eres, Kezele.

La luz de la sala se apagó y oí la respiración del joven a mi lado. Todo quedó en silencio durante unos momentos, entonces empezó la música y la muchacha salió a bailar.

Se sentaron en uno de los bancos y Rahel acarició con los dedos la madera lisa.

—Cuando ya hayas hecho lo de hoy —dijo—, bailar el Romeo, tienes que irte de aquí.

—¿Qué quieres decir?

—Que dejes a la Marinova.

—¿Cómo voy a irme?

—Busca algo mejor. Preséntate a las escuelas buenas de verdad. Eso quiero decir.

—¿Tú crees? ¿Crees que me aceptarán en otro sitio?

Rahel no respondió la pregunta. En lugar de eso, le susurró un beso en la mejilla. El polvo en suspensión centelleaba en el aire, las demás muchachas pronto llegarían para el ensayo general. Pola se lo pensó un instante y también le dio un beso a Rahel. Entre los ojos primero, luego otro en la barbilla.

—Podría irme contigo.

—Eso estaría muy bien.

—Entonces... ¿trato hecho?

—Sí, trato hecho.

Aquello ya no era ningún juego, era toda una vida. Oyeron que abajo se abría la puerta y las voces de las chicas resonaron en la escalera, unas risas salvajes, una agitación desbordante, esplendor y oropel.

—¿Por qué no te quedas? —propuso Pola—. Podrías vernos ensayar.

—Todavía no llevo el vestido.

—Estás guapa también sin ese vestido.

—No cuando bailes el Romeo.

—Bailaré solo para ti —susurró Pola.

—Ya lo sé.

—Cuando mire a Julieta, te veré solo a ti.

—Lo sé, Pola.

Las chicas se reunieron delante del vestuario, golpearon con impaciencia la madera de la puerta y Pola besó a Rahel otra vez. Qué suaves eran los labios de las muchachas, y qué inocentes... Por eso sigo odiando todavía a mi Dios. Porque no tuvo ninguna compasión con la inocencia de esas muchachas.

Cuando Pola salió por fin al escenario y bailó, sus pensamientos estaban con Rahel. Cuando miraba a Julieta, en realidad veía el rostro de Rahel. Se olvidó del pelo rubio de Julieta y de sus esbeltas extremidades, su cara delgada y esas manos que siempre tenían un tacto algo húmedo y frío cuando las asía. No, era Rahel con quien bailaba. Era Rahel, cuyo pelo volaba en los giros, su larga melena negra la que le golpeaba en la espalda, y sus ojos los que le devolvían las miradas a Pola.

No se fijó en el público, al menos durante las primeras escenas, pero entonces su mirada recayó en la primera fila, donde a la derecha del todo estaban los sitios reservados para los familiares de las bailarinas. La butaca de Rahel estaba vacía. El sobresalto fue tan grande que por un momento se le olvidó lo que tenía que hacer. Mercucio la empujó y la Marinova siseó algo desde detrás del escenario. Pola siguió bailando. Intentó aferrarse a la idea de que se había confundido y se prohibió seguir buscando a Rahel en platea. Bailaba desconcentrada y se tropezaba en los saltos. En cierto momento oyó que el público contenía el aliento con espanto. Habría podido echar a correr, pero no tenía tiempo para eso.

En el tercer acto se le ofreció por fin una oportunidad. Mientras Julieta bailaba su solo (volvía a tener el aspecto de Julieta, y bailaba como tal), Pola se escabulló. Se abrió paso por entre las demás muchachas hasta el patio de butacas. El asiento estaba vacío. Recorrió el pasillo, porque al fin y al cabo también podía haberse sentado en algún otro lugar. Buscó el vestido negro con picos en las mangas, pero ¿cómo iba a encontrar ese vestido a oscuras? Mientras rodeaba al público, el temor de que Rahel no estuviera allí se convirtió en una certeza y la decepción caló en ella con amargura. De fila en fila la iba invadiendo más, hasta que se le cerró la garganta y sintió el corazón tan oprimido que temió que acabara aplastado si daba otro paso, si realizaba un movimiento irreflexivo más.

¿Era mentira todo lo que se habían prometido? ¿No habían significado nada sus besos? ¿Se había asustado Rahel porque Pola la amaba demasiado? Regresó corriendo, sentía un hormigueo en la nuca, en el cuero cabelludo, los dedos, la boca, como si estuviera a punto de perder el conocimiento. Aun así, salió a escena y siguió bailando, aunque ya no era capaz de distinguir si la negrura absoluta hacia la que se precipitaba era el escenario sin iluminar, el público o su propio interior; si lo siguiente sería caer muerta, porque la pena la estaba ahogando.

Así me lo contó la muchacha. Se marchó antes aun de que cayera el telón. La gente aplaudía mientras ella bajaba corriendo la escalera con sus cosas debajo del brazo y solo las botas ya en los pies. Fue en tranvía a casa de Götz y entró, pero no había nadie. Tiró sus cosas en el vestíbulo y salió otra vez. Ya no sabía qué había ido a buscar allí. ¿A Götz, para que la abrazara y la consolara? El frío la mordía como un perro pequeño y furioso.

Cruzó la ciudad. Quería ir a su casa, pero torció en dirección al Schalom. Con cada paso que daba le era más indiferente ponerse en ridículo delante de Rahel. Quería decirle lo herida que estaba, quería decirle que jamás volvería a bailar, que esa maldita representación sería la última. En el autobús, la gente la miraba. Claro que llevaba la cara maquillada de blanco y todo el pelo bien repeinado hacia atrás, además del mallot plateado. Ella evitaba sus miradas. El autobús se detuvo en cierto punto porque la calle estaba cortada. El conductor los hizo bajar; él tenía que seguir otra ruta. Pola no sospechó nada todavía. Atravesó el cordón policial (quizá nadie la detuvo a causa de su vestimenta) y unos cuantos metros más allá empezó a oler el humo. Llegaba por las calles mezclado con el frío y la luz amarillenta de las farolas. Cuando echó a correr ya estaba convencida de que era el Schalom.

El Schalom estaba en llamas.

Me contó que esos pocos instantes fueron como resolver un cubo de Rubik. Cada color en un lado. En uno, el amarillo, el Schalom; en otro, verde, su hermano Adèl; el rojo era Götz; luego el azul, ella misma; y el blanco, Rahel. Así de sencillo fue. Así de sencillo.

Ojalá Rahel hubiese podido ver así a la muchacha. Era una Julieta delicada y cautelosa. Sus movimientos eran ligeros, como si apenas rozara el suelo. Y cuando Romeo la levantaba, parecía que quisiera resbalar entre sus dedos como una pluma. Podías olvidarte de toda tu vida mientras la contemplabas. No podías evitar llorar por cosas que no habían sucedido, por cosas que no sucederían jamás. Podías salir de tu propia historia durante los breves momentos en que la muchacha giraba, cada vez más deprisa, y con cada giro te dejabas llevar más y más por la ilusión de que todo estaba bien.

Mi madre explicaba que antes el Shavuot había sido una festividad alegre, que durante dos días se celebraba la suerte de haber huido de Egipto, la vida, la Torá que

Dios nos había entregado. Se celebraba la cosecha. Las casas se decoraban con cintas de colores, los niños corrían vestidos de blanco por las calles y había pasteles y otros dulces en abundancia. Tal vez hoy vuelva a ser así, no lo sé, pero cuando yo era pequeña oscurecíamos la casa. Mi padre encendía velas y mi madre cantaba, Rahel declamaba la palabra «Ejad» y todos bebíamos leche y comíamos pastel de queso. No era una festividad alegre, como no lo era ninguna de nuestras festividades. Era una rebelión secreta. Y cuando mi madre nos contaba que antaño había recorrido Viena de la mano de su mejor amiga con coronas de flores en el pelo, y que se quedaba dormida en los jardines de casas de amigos mientras los adultos permanecían toda la noche en vela, a nosotras esas historias nos sonaban como si fueran cuentos.

Más adelante, cuando Rahel y Judith regresaron, insistieron en que volviéramos a celebrar las festividades. A mí me daba igual. Yo habría preferido dejar las cosas como estaban, pero Rahel dijo que perdería mis raíces, que me marchitaría, que sería una flor judía seca. Eso me asustó, así que empecé a comportarme según las costumbres. En el Shavuot decoraba la casa con ramas verdes y flores. Cocinaba *Lokschenkugel* para mí y para mis hermanas, pues sabía que a Judith siempre le había gustado muchísimo ese plato. Rahel recitaba las oraciones. A mí me habría gustado saltarme esa parte, porque con los años Rahel cada vez le ponía más pasión a los rezos, con lo cual podía alargarse horas. A menudo me enfadaba porque mis hermanas no tocaban la comida y al final tenía que tirarla a pesar de haberme tomado tantas molestias. Cuando nació Esther, intenté que Franz por lo menos pasara esos días en casa, pero Rahel siempre me aguaba la fiesta con su malhumor. A Franz no le gustaba venir, las costumbres judías le incomodaban, le recordaban demasiado quiénes éramos nosotras, y al final Esther estaba más triste y más confusa que antes. No comprendía qué hacía de pronto en nuestra casa aquel hombre grande y rubio del vecindario. No entendía a Rahel, que tiraba cosas por la casa, rompía la vajilla y casi arrancaba las ventanas de sus bisagras. Esther lloraba y se colgaba de mi brazo. ¡No!, me suplicaba, ¡no! Entonces me di cuenta de que era yo misma la que había roto la vajilla, que era mi propia voz la que resonaba por toda la casa. Me asusté y decidí dejarlo estar. Aquello no podía ser.

Regresamos del estreno tarde, la muchacha estaba emocionada y el joven guardaba silencio. Ella nos explicó más cosas del baile que las que había contado durante las semanas anteriores. Era una alegría oírla hablar, escuchar su voz alegre.

No me apetecía cocinar *Lokschenkugel* solo porque fuera Shavuot. A las dos almas en pena solo les preparé un vaso de leche, no por maldad, sino porque sabía que ni siquiera la tocarían. La leche se agriaría y se quedaría en la mesa hasta que una corriente de aire volcara el vaso. Quizá.

Y entonces Judith me rozó las piernas y Rahel apareció cruzada de brazos delante de la ventana, balanceándose sobre los talones, atrás y adelante.

—¿Qué estás haciendo? —dijo.

—Os preparo la leche.

—¿Y dónde está tu vaso?

—No estaré aquí para el Shavuot.

—Madre te odiaría por esto.

—No me odiaría. Madre siempre estuvo a favor de la reconciliación.

—Qué vas a decir tú... Te engaña la memoria.

—¿Y qué? —Dejé los vasos en la mesa con tanto ímpetu que casi derramé la leche.

—¿Adónde vas?

—A otra parte.

—Con los alemanes.

—Quizá.

—Te están esperando fuera. Los he visto.

—Sí, me esperan.

—No quiero que vayas.

Esa frase me caló tan hondo que estuve a punto de quedarme.

—¿Y si yo te lo pido? —Me rodeó el cuello con sus brazos, sus brazos jóvenes y aromáticos.

—Lo siento mucho, Rahel —repuse.

El Shavuot es una fiesta de despedida. El Shavuot pone fin a un largo viaje.

Salí al jardín y busqué a Hitler, lo encontré junto a los frambuesos y me lo metí en el bolso. Después me marché. Rahel y Esther pegaron su rostro al cristal de la ventana de la cocina, la cortina se movió un poco y Judith levantó la mano para enviarme un beso. Pensé que en su día yo no las había visto marchar, pero que ahora ellas sí veían cómo subía yo al coche del joven.

Me llevaron al barrio de Alservorstadt, a una dirección de Mariannengasse, porque necesitaba verlo una vez más, aunque fuera la última. La muchacha se ofreció a entrar conmigo, pero le dije que no. Una residencia así era un lugar demasiado deprimente para la juventud. Los pasillos asépticos, los ancianos, el olor a desinfectante. Por eso entré sola. Tuve que buscar un rato, no me atrevía a preguntar. Tenía miedo de que fueran a retenerme: la vieja chiflada que quería ver al amor de su vida una última vez. Por fin lo encontré en la sala de descanso. Un televisor centelleaba en el rincón, pero él no le prestaba atención alguna, en lugar de eso miraba por la ventana cerrada hacia la oscuridad de fuera.

—Vaya, Shapiro —me dijo—, o sea que has venido hasta aquí.

Asentí con la cabeza y me senté a la mesa con él.

—Así es.

—Estoy demasiado viejo para perseguirte —comentó, y se volvió hacia mí.

—Ya lo sé.

No tenía sentido indagar en su rostro enjuto. Si hubiésemos pasado una vida juntos, el uno al lado del otro, sí que habría podido encontrar algo allí. Algo que nos uniese. Pero no era el caso.

—Fue una época bonita, aquí en Viena —dijo—. A pesar de la guerra. Muchas veces te perseguía hasta llegar a Mödling. En verano. En invierno también, pero en verano era más bonito. Cuando las ranas croaban con fuerza en el Danubio.

Intentó poner su mano sobre la mía, pero yo la retiré y él sonrió un momento, como si no se hubiera dado cuenta.

—¿Qué hace Rahel?

—Le va bien —contesté—. Bebe leche. Es Shavuot.

—Ah, sí. Está muy bien. ¿Te acuerdas de cuando se tumbaba en el jardín, debajo del árbol?

—No.

—Nos habríamos matado por conseguir ver un momento sus delicados pies. Samuel Lewinski y yo.

—Ya no me acuerdo.

—¿No te acuerdas de Samuel Lewinski? ¿El que murió en Auschwitz?

—No.

—Shapiro, te haces vieja.

—Sí, seguramente moriré pronto.

—Como todos. Aquí todos se mueren. Mira lo vacío que está esto. Hay muchos que han muerto ya. ¿Me llevarás contigo?

Sacudí la cabeza y Franz se volvió para seguir mirando al exterior.

—¿Cómo está mi hija, Esther?

—Murió.

—Ya lo ves. La muerte ni siquiera se detiene ante los jóvenes. ¿Y la pequeña Rahel?

—Murió también. Fallecieron las dos, en un incendio. El Schalom se incendió y ahora las dos están muertas.

—Dios mío. Todos están muertos. ¿En qué se ha convertido este mundo?

—Siempre fue así.

Oímos pasos en el suelo de linóleo. Una enfermera pasaba revista por las habitaciones, arropaba a alguien aquí, abría una ventana o cerraba una cortina allá. Me pregunté qué sensación se tendría al dormirse y volver a despertarse en aquel lugar. Tal vez tampoco suponía ninguna diferencia.

—Tienes que sacarme de aquí, Shapiro. Aquí dentro te atontas. ¿Querrás sacarme?

El suelo chirrió bajo las suelas de goma de la enfermera, y yo me levanté.

—Que te vaya bien, Franz —dije.

Epílogo

Una muchacha alemana y una vieja judía nadan en un lago. Nadan hacia la isla. El agua está tibia y a la judía le maravilla acordarse aún de nadar después de tantos años. Cuando la muchacha la mira de reojo con preocupación para ver si conseguirá llegar a la isla, ella solo le sonríe y se pone a flotar de espaldas para contemplar las estrellas. Si mete los oídos bajo el agua, oye a los peces que viven muy abajo, en el fondo, y de cuyas fauces salen burbujas de aire que suben a la superficie.

Mientras sus brazos viejos y flacos se deslizan por el agua, piensa en lo que ha dejado en la orilla. Un anciano y un joven. Una tortuga con la cabeza escondida y un tarro de mermelada de 1944.

Se imagina cómo tomará el anciano el tarro en sus manos y abrirá la tapa con un chasquido.

—Mil novecientos cuarenta y cuatro —dirá—, albaricoques. La pequeña siempre ha preparado una mermelada riquísima.

Al otro lado, donde el agua está tan oscura, más oscura aún que los ojos de la muchacha y mucho más oscura que los túneles de Montenegro, las dos posan los pies sobre el fondo lodoso. Primero los pies y luego las manos. Oyen al castor que alborota en la isla, a las ranas de la orilla. Hay cosas que no cambian. Da igual lo que haya sucedido. Las noches de verano siguen siendo igual de suaves, suaves e interminables, el agua igual de turbia, llena de algas y renacuajos, también la luna es la misma, la sonrisa de la judía, el latido del corazón entre las costillas.

—Aquí —dice la muchacha.

Dejan resbalar el lodo entre sus dedos y, tal como sucede solo en las buenas historias, la judía encuentra una cadena. Es una cadena con una estrella de David y un nombre grabado en ella.

Rahel.

Era de oro y se había perdido en el agua oscura.

Y ahora cuelga en el cuello de la muchacha.

Muchísimas gracias a

Michel Friedman
Volker Hage
Elisabeth Herrmann, de la asociación de baile Tanz
Forum Regensburg

Este libro se publicó
en el mes de febrero de 2018